你今年一百岁

莫灵元 著

陕西新华出版
太白文艺出版社·西安

图书在版编目（CIP）数据

你今年一百岁 / 莫灵元著． — 西安：太白文艺出版社，2023.1（2024.2重印）
ISBN 978-7-5513-2204-1

Ⅰ．①你… Ⅱ．①莫… Ⅲ．①小小说-小说集-中国-当代 Ⅳ．① I247.82

中国版本图书馆CIP数据核字（2022）第145962号

你今年一百岁
NI JINNIAN YIBAISUI

作　　者	莫灵元
责任编辑	强紫芳　李洋
整体设计	悟阅文化
出版发行	太白文艺出版社
经　　销	新华书店
印　　刷	三河市嵩川印刷有限公司
开　　本	880mm×1230mm　1/32
字　　数	159千字
印　　张	7
版　　次	2023年1月第1版
印　　次	2024年2月第2次印刷
书　　号	ISBN 978-7-5513-2204-1
定　　价	42.00元

版权所有　翻印必究
如有印装质量问题，可寄出版社印制部调换
联系电话：029-81206800
出版社地址：西安市曲江新区登高路1388号（邮编：710061）
营销中心电话：029-87277748　029-87217872

前　言

　　小小说，亦称袖珍小说、微型小说。由于它短小精练，能及时把握时代变革，准确捕捉现实生活中美的闪光，使读者在极短时间内获得感悟和启发，更符合现代人的审美心理和趣味，所以被誉为大众文学。

　　本部小小说集分为三辑，收录了作者近年创作的小小说六十一篇。这些小小说，大多已在报刊上公开发表，有的还被收入各种小小说选本，有的曾在各级小小说比赛中获过奖，其中《过年》被评为改革开放四十年广西四十篇最具影响力的小小说之一。

　　《你今年一百岁》是精短故事汇，也是人物群像画。它的每则故事，或幽默诙谐，或持重守静，或曲折跌宕，或离奇反常；它所描绘的人物形形色色，还有拟人化了的动物。全书各篇故事生动有趣，人物形象栩栩如生，艺术性、思想性兼具，让人读罢有所乐、有所思、有所获。

目 录

第一辑

002　文作社
005　感谢电池
008　绝　招
010　口头禅
013　你今年一百岁
017　意外收获
020　头上功夫
023　把钱露出一点点
027　越描越黑
032　酒　徒
034　家书抵万金

037　鸡群逸事
039　老鼠联防队
043　处死蚊子
045　寻狗记
050　钦差队长
054　猫鼠戏
058　发财电话
062　美丽的胡子

第二辑

068　过　年
071　钟乳石
075　第一把火
079　那一抹朝霞
081　感　悟
085　杧果的味道
089　契爷请我帮个忙
093　向一只蚂蚁致敬
096　新　生

099	万绿缘
103	憨　福
106	一双运动鞋
110	常军请客
113	一鼠顶三鸡
116	装　傻
119	背　推
121	失　判
124	受训记
128	你炒股了吗
131	遇见捕蛇者
134	麻雀，麻雀

第三辑

138	长　脸
141	秉　性
145	称　呼
149	捉野猫
152	大　成

155	黄大哥
160	老慢杜思飞
164	大炮张
168	抬　杠
171	尴　尬
175	迷　糊
179	老　曾
183	三句半
187	青峰坳
189	黄安学
193	冯步万
197	钟海明
200	吃货马三春
204	大大咧咧的唐秀花
207	精致的小纸匣
210	酒家巡视员

第一辑

文作社

　　文山要开个文作社,老伴说他脑筋出岔子了,想找钱走错了门。文山不以为意,坚持他的想法,从租门面到办营业执照,七七八八地忙活起来。

　　都说钱不是万能的,但没有钱真的万万不能。相信这个道理时,文山已经临近退休。

　　文山在机关当了半辈子的秘书,至今也只混到了办公室副主任的职务。他这人的特性,就是不疾不徐,任你天塌下来也要按部就班地做自己的事:点上一支烟,轻轻地吞云吐雾几下子,然后才去看看天塌的地方在哪里。可就这么个性格,竟练成了他两个硬功夫,让他在人前多少有着些底气。一个是书法。他隶书、行草、正楷乃至篆刻,都在市里各大比赛中拿过奖。但这么个爱好他现在几乎挂起来了,原因是他越写越觉得没有了意思,写来写去,写得好不好,得看是不是写得如古人,弄得自己像个复古派一样。另一个是写材料。就是撰写机关总结、经验体会、领导讲话稿、汇报稿等这类东西。因为能写,领导换了一茬又一茬,谁也舍不得放他走,说他走了就找不到笔杆子来写材料了。这么一来,说是重用也好,耽误也罢,一晃他就干到白了头。如今,他干这一行也不耐烦了。原因是老伴笑话他,说他只会舞文弄墨,中看不中用,真个是百无一用是书生。老伴笑话他,是有原因的。别的男人除了上班,大多还有一两个副业,比如养龟、养鳖、种速生桉、种药材、开饭店、开旅馆,等等。最不济的,起码也张罗个文印部什么的,反正脑瓜子都钻进了钱袋子里,什么来钱就干什么。听着老伴的笑话和唠叨,文山无话可说,更生不了气,钱这东西真真是太重要了:买房、买车、孩子读大学,哪一样不要钱呀?看到人家什么都有,自个儿家里想买什么都再三考虑的,不就是缺钱吗?所以,文山这回坐不住了。作为一家之主,男子汉,他得把这个家人模人样地撑起来。他对老伴说:"我也要做生意,我就不信我不能!"

于是,文山开起了文作社。待在办公室这么多年,他感觉到人们最不愿干的就是写材料了,而写材料又偏偏是机关里最不能不干的事情。特别是到了年终或者是搞什么活动的时候,都是必须写材料的,而且很多时候,还不是单纯地弄一篇讲话稿、汇报稿就可以了,得弄一套说这说那、证明这证明那的纸质的东西。例如迎检、评比这类材料,就需要有领导小组名单、工作方案、领导动员报告、评分指标、自评报告这些东西,有时评分指标还要分一级指标、二级指标、三级指标,谁看了都烦,包括那些来检查的人都不一定会认真看,但这些东西如果没有或者不齐,肯定过不了关。以前,电脑还没有普及,都是手写的,现在电脑几乎人手一台,写起来容易多了,可以复制,可以粘贴,可以下载,撰写材料变成炮制材料了。但即使如此,还是有一些单位没有人乐意去干,往往要找人代劳。他本人就曾帮别的单位干过。他现在开这个文作社,就是想专门做这方面的生意,明码标价,按劳取酬。起这么个店名,他是经过一番思考的,也曾想过用"代写店""文书店""作文社"这些名字,但他始终觉得有些俗,所以最终用了这个名:不仅拿自己的姓起头,还强调了劳作、操作、创新的意思,这样,收取人家的费用就更自然而然了。他对这个店名还比较满意。

文作社的店面很小，塞进一台电脑、一部打印兼复印机就基本满了。开张这天是周末，文山没有请客，挂好了营业执照、收费价目表，钉上店名门牌后，他放了一串鞭炮，这店就算正式营业了。

老伴对他开这样的店不感冒，所以任由他爱怎么干就怎么干，不沾边。他呢，也不计较。本来嘛，他还没退休，开这个店不过是宣传个名号罢了，法人代表用的是儿子的名字，他只打算在周末、节假日和某些天的中午才开开门，反正每月就百来块钱的房租，他付得起。他心中的盘算是，只要机关单位中以文件对文件检查落实工作的做法绝不了迹，他的生意就一定有搞头。为此，他专门设计了一份一张纸的广告，花几个钱请报刊邮递员分送到各个机关单位，然后守株待兔，专等业务电话。

然而，鞭炮响过差不多一个月了，文作社只是给人复印过几份材料，门可罗雀。老伴故意问文山要钱，文山白了老伴一眼，不吭声。他心里不顺畅，觉得这个店可能真的开错了。

这天中午，文山没有去开店门，吃了午饭便上床睡觉。像这样的午休，自打开了店，他很少有了。睡着后，他做了个梦，梦见领导正在开会传达上级文件精神：坚决反对文山会海，反对形式主义，转变作风，切实提高机关工作效能。听着听着，他出了一身冷汗。他想，他的文作社这回彻底没有市场了！领导的话还未讲完，他已被惊醒。

文山正要翻身起床，他的手机响了起来。

"喂，文作社吗？我们有几个材料你接不接？三天内就要，你那里能不能弄出来？"

文山振作精神，大声回答："完全可以！"

感谢电池

新来的县委书记决定整顿会风,但又不想按常规出牌——发发文件了事,那样只能是水过鸭背不痛不痒。如今,文件太多了,好多人不要说细读全文、入脑入心了,恐怕连标题都是从左眼进去右眼出来。所以,他同县长合计,要换种方式,以求实效。

这天上午,又开会了。主席台上却与往时不一样,只坐了县委书记、县人大常委会主任、县长、县政协主席。会议由县长主持,县委书记主讲。

会议开了一个多小时,县委书记一共讲了四个大问题,然后县长小结。

县长说:"同志们,今天上午会议的主要议程结束了,我们来做个游戏。"他顿了顿,整个会场一片肃静,看到大家正瞪着眼饶有兴趣地听着,便接着说:"刚才书记做了非常重要的讲话,大家都在认真听,没有多少人进进出出,也没有人接听手机,会风很好。现在我们测试一下:刚才书记讲话讲了几个问题?第四个问题的第三点内容是什么?请会场后面第七、第八、第九、第十排的同志回答,知道的请举手。"

县长话音落下,只见这几排的人你看我我看你,最后全都举起了右手。

县长又问:"不知道的,请举手。"

没有一个人举手。

"好!"县长表示赞赏,"那,请一位同志简单复述一下,哪位呢?"县长目光望向台下,来回扫视。

这时,第七、第八、第九、第十排的人都像缩头乌龟一样,视线朝下,生怕县长点到自己。

"呦,都很谦虚呀!那我就随便点名了?"县长缓了缓,像在认真选择,"请第八排中间的郑局长跟我们讲讲,大家欢迎!"

郑局长硬着头皮站了起来,翻开笔记本,说:"刚才书记一共讲了四个大问题。第一个问题是提高思想认识,增强工作责任心和紧迫感;第二个问题是明确目标和任务,细化工作措施;第三个问题是加大宣传力度,营造良好的舆论环境;第四个问题是加强领导,确保工作全面落到实处。第四个问题第三点内容是……是……强化督查检查。"

县长不置可否,请郑局长坐下,又说:"请第九排,郑局长后面的傅局长回答,郑局长归纳得对吗?"

傅局长面红耳赤,站起来轻声答:"基本对。"

县长继续问:"第七排最左边,胡局长,你认为对吗?"

胡局长果断地答:"对!"

"再问一位,第十排,右边,贾局长,你说说。"

贾局长站起来,说:"郑局长的归纳表述基本准确,只是……只是……最后一点有出入,可能是郑局长太紧张了,应该是:明确任务分工,落实领导责任。回答完毕。"

县长请贾局长坐下,并带头鼓起掌来。

掌声过后,县长提高声音说:"同志们,今天我们做的这个游戏好不好玩呀?轻不轻松?不轻松吧?之所以做这么一个小游戏,是希望大家集中精力开好会,从今天起,我们务必改进会风,并以此为切入点,全面转变干部的工作作风,以只争朝夕的要求和努力,以踏石留印、抓铁有痕的意志、毅力和决心,以真抓实干、求真务实的精神,奋力开创我县各项工作的新局面。下面,我宣布县委的决定:第一,只开有必要、有作用的会,坚决不开应付式、走形式的会;第二,减少开大会,尽量开短会、讲短话,不轻易安排多人讲话;第三,准时开会,守时散会,不拖泥带水、浪费时间;第四,聚精会神开会,专心做好笔记,会议中不得交头接耳,不得随便走动,不得随便接听手机,不得打开手机上网或者玩游戏;第五,按要求参加会议,有事必须会前书面请假,不得无故缺席。以上会风会纪,不另行文,希各位同志认真遵照执行,违者,纳入工作作风和职业道德考评。我们不是小孩子,刚刚做的小游戏,下不为例。今天既然做了,请大家举一反三,事事从严要求自己。不是我妄自猜测,我敢说,今天开会有些同志是不够认真的,很多人都在低头玩手机,希望也下不为例。贾局长应该受到表扬,开会专心,我们要向他学习。散会!"

　　得到县长表扬,贾局长心里反倒不安了,他躲一般迅速离开了会场。回到家,他即刻把手机拿出来,充电。他的手机电池老化了,蓄电用不到一天,偏偏,他昨晚忘记了充电,要不然,刚才开会,他绝对也是"低头族"。书记的话,他……哎呀,真的感谢电池!

绝　招

在乡政府工作的陈新近来好事连连。上个月，他老爸资助他买了一辆小排量的轿车，让他加入了有车一族。前一星期，他被提拔为乡政府办公室秘书，掌握着乡政府的运作大权。而就在昨天，他谈了三年的女朋友终于表示愿意嫁给他。

人逢喜事精神爽。陈新决定在这个周末带未婚妻回老家拜见父母，请一请订婚酒。

电话那头他老爸很高兴，说："只是村子太脏，怕儿媳妇嫌弃。"

陈新想了想，对老爸说："这个不成问题，你只管准备好请客就是了。"

到了星期六，陈新开上他的小轿车先到县城接了女朋友，然后掉头回乡政府，再回老家大陈村。

大陈村离乡政府也就两公里左右。陈新一路开车进村，村容整洁，平时满地都是的猪粪、牛粪、杂草、乱石不见了，坑坑洼洼的道路也已填平、碾实，卫生环境大大改善了。到家一看，老爸已请来了左邻右舍几个老叔老伯，饭菜也做好了，于是一切从简，喝酒。

酒席上，老人们逐渐话多了起来，反反复复地夸陈新，说这小子越长越有本事了，不但娶了个如花似玉的城里姑娘，还能调派人来村里帮搞卫生清洁，将来一定是个大官。

　　陈新没敢喝醉。天黑的时候，他在长辈们的夸奖和祝福声中带上未婚妻回了乡政府。

　　周一下午，书记、乡长双双开会、考察归来。

　　乡长一个电话把陈新叫到办公室。出门时，陈新顺手拿了一张新出版的地方报纸。

　　一见面，乡长就劈头断喝："陈新，你好大的狗胆！竟敢谎称有上级要到大陈村检查工作，该当何罪？你说！"

　　陈新不答话，战战兢兢地把手上拿的报纸打开来，递给乡长。

　　乡长接过来一看，报纸头版头条大标题赫然写道："干部就是榜样，行动就是导向，大陈乡党委政府俯下身子办实事，农村脏乱差顷刻销声匿迹。"

　　陈新偷眼看乡长，乡长脸色慢慢地由阴转晴了。最后乡长竟温和地说："你这小子，以后再敢胆大妄为，看我不收拾你！去，向书记做个检讨。"

　　"是！"陈新挺了挺胸脯，居然来了个立正敬礼。

口头禅

廖中望不知从哪里捡来一句话,动不动就张口说:"贫穷限制了我的想象!"

说多了,说顺溜了,廖中望便渐渐忘了这句话的真正意思,只是为了说而说,以至于成了他的口头禅。

比如,他去上班,中途遇到下雨,他又没有带雨伞,被淋着了,他就抱怨:"贫穷限制了我的想象。"

再比如,他写材料,写着写着写不下去了,脑袋一片空白,他就说:"贫穷……"

廖中望是我的同事,也是好朋友,我直白地告诉他:"你廖中望工资比我高,开的车比我的好,我都不说我贫穷,你这不是太矫情、太虚伪吗?"

廖中望愣了一下,然后狡辩说,他说的贫穷是指精神上的、思想上的贫穷,不是物质上的,不要理解错了。

"反正,你老这样说,我总觉得不好,你一个大学毕业的文科生,难道就没有别的更新鲜的词?"

"OK!老朋友,我从此不说了,行不?"

"好!我今天就想听到你说句新的。"

"我马上就说给你听!"廖中望想说到做到,但抓耳挠腮好大一会儿,冒出口的却又是:"唉,贫穷……"

年底，我们公司高层调整，新来的总经理是个女的，四十来岁，人漂亮，穿着也讲究。她最爱说的一句话是：细节决定成败，形象体现效益。她像一股风，强风，把公司上下吹得干净整洁，人人仪表端庄优雅，精神焕发，有人甚至还换了"坐骑"，开起了奔驰、宝马或特斯拉……

公司销售科科长因为接待老客户，喝过了，醉酒上班，把科长办公室变作自己的家，吐了，睡了，一睡还差点醒不过来。新总经理二话没说，把科长撸了，改调到后勤保卫科当副科长。科长这些年业绩有目共睹，深得公司倚重，他哪里受得了新总经理的羞辱，丢出一句硬邦邦的话，辞职不干了。

科长辞职了，副科长廖中望代理科长。他使出浑身解数，充分调动全科同事的积极性，硬是把销售业绩保住了，且稳中有升，年终公司评比，销售科获得嘉奖，奖金继续在各科室中名列前茅。廖中望心想事成，荣升销售科科长。

春节刚过，新总经理到销售科慰问和鼓劲，廖中望率全科员工热烈欢迎。落座之后，廖中望先向总经理一一介绍在座的各位同事，然后详细汇报本科室本年度工作计划以及各位同事的具体业务分工和职责。

总经理对销售科的工作再次表示肯定，对廖中望的讲话表示高度认可，鼓励大家在新的一年里，百尺竿头，更进一步，争取更大的成绩！

廖中望带头热烈鼓掌。

掌声之后，他谦虚又不无自傲地高声说：

"贫穷限制了我的想象！我个人的能力是有限的，好思路来源于全体同事的共同智慧，功劳和收获归功于全体同事的共同努力！我相信，有公司高层的关心厚爱，有全体同事的同心协力和锐意进取，新的一年，我们有信心有能力夺取更大更好的业绩!"

廖中望到底守不住,又冒出了那句话。我正为他担心,却听到总经理开心地笑了,而且出口也是她的口头禅——

她说:"细节决定成败,形象体现效益!看到大家如此精神面貌,我对你们一百个放心!"

你今年一百岁

"这回我们肯定要发大财了！只要大家配合，你们就等着过好日子吧！"

村里的高音喇叭已经有好些日子没有声音了，今天下午突然传来一阵断断续续的音乐声，然后就是牛杂二破锣一样的嘶吼声。

牛杂二喊了一番话，我前面听得不是太明白，最后一句可听清楚了："全村广大群众，阿叔阿伯兄弟姐妹阿婶阿嫂，同志们，今晚七点半钟，统统集中到晒场开会，至少每家来一个人，最好是统统都来，来了你就知道来对了，绝对来对了。再讲一次……"

牛杂二再讲一次结束后，高音喇叭终于安静下来。

我家养的二百多只乌龟今天又死了三十只，水池里就剩下七十六只了，我痛心得要死，现在听到牛杂二猛吼，心里还真有些转忧为喜。

牛杂二，本名朱勇。因早些年他同大哥朱强合开牛杂店，在家又排行老二，所以村里人都习惯喊他牛杂二。他也不恼，相反还高兴。开牛杂店，他和大哥发了些财，现在大哥还继续在镇上经营，他回村来了，刚当选村委会主任不久。他不想白当这个村主任，所以一门心思要带领村民们发家致富。这可真难为了他。

村主任要当好，不是那么容易的。

我们村叫石沟村，听村名就知道是个什么样的村了。地不多，石头多，低头见石，抬头见山。还好，山上有大树，山下有河流，一年四季草木葱茏，空气清爽。而且，二级公路通过我们村边，公路两头不远处也都有集镇。

我们村村委会主任三年选一次，一次选一个，一个有一个的新做法，但谁都当不了两次，好像是要轮着当似的。

别看这个村委会主任芝麻官都算不上，可谁都想当。但当上了若是只挂个虚名也是不行的，你得搞些名堂，否则，上级批评你，村民取笑你，你自己面子也挂不住。

我们村的村主任换了好几个，全村放过羊、养过鱼、种过大棚蔬菜、办过木材厂，但没见哪样赚过钱。也难怪，现在年轻人几乎都跑外面去了，即使像我和牛杂二这样四五十岁的也没有几个留在村里了，剩下的那些老人小孩又能做什么呢？大概有心想做也无力能做。

说句心里话，这一次我是真的希望牛杂二能够找到条好门路，帮助大家发发财，免得我东想西想再去学养那些乌龟。

晚上的会议到八点钟才开始。全村四十多户家家都来人了，一眼看去都是老头老大妈，这让牛杂二很不爽。没办法，村里就这么些能干活的人。

会议开始，牛杂二不再东拉西扯说其他的，直奔会议主题。

他说："今晚叫大家来开这个会，就是一定要统一认识，合成一个脑袋，共同把我们石沟村快速变成长寿村，我们要坐在家里赚游客的人民币。"

他说："现在生态旅游、农家乐休闲项目很红火，很吸引城里人，我们村的条件就非常适合搞这种东西。这样吧……"他环顾会场一圈后接着说，"讲太多你们也不明白，也不用都明白，这是我们村委会调查研究一段时间后得出的新想法，绝对有效，绝对能做得到，你们就配合、就按说的去做就行了。我们不做就不做，要做就做最好的。我们要做长寿村，长寿村是生态旅游最吸引人的地方，也是最能说明生态好的地方——现在地球上这样的地方不多了。"

听牛杂二这么一说大家乱糟糟地议论起来，于是他干脆快刀斩乱麻，说："这样吧，变长寿村，我们什么都不缺，就是缺一百岁老人的人数，比例还少一些。所以，为了全村人发财，大家从现在起要统一思想，统一嘴巴，说我们村有五个一百岁老人。这五个老人是谁呢，现在我来点名。"

事实上，我们村老人还真不少，印象中谁都能活到八十岁以上，现在有一个已经一百零二岁，有一个超过了九十岁，还有两个八十多岁。没说的，这些人牛杂二都安排他们当了百岁老人，年岁由一百零六岁到一百零一岁都分配好了。剩下一个名额，牛杂二指定了我爸。我爸才七十七岁，但牛杂二说我爸老相，脸黑，皱纹也多，还缺了两颗门牙，可以多加些年纪，不会有问题，只要全村人统一说是，就没有谁说不是。

接下来，牛杂二还安排了相关工作，比如村容村貌的整治、墙上标语的书写、游客参观路线的圈定、门票的发售、导游解说词的写作和规范、旅游商品的订制和销售等，都做了分工。最让人高兴的是，我们村那眼冬暖夏凉的泉，村委会已谈妥了一家客商，签订了合作意向，很快就要办起矿泉水厂了，生产长寿牌矿泉水。我家养的那些乌龟，别人家养的鸡啊、鹅啊、鱼啊，种的蔬菜、瓜果什么的，都取名为健康、绿色产品，全部可以拿来卖，全部可以供给牛杂二家开办的农家乐旅游接待饮食店，价格从优……

牛杂二主任给我们描绘了可观的发财前景，我们闻所未闻，都热血沸腾，跃跃欲试，恨不得马上就付诸行动。

散会后，我回到家，我爸躺在病床上还没睡着。他问我开会的内容，我兴奋地传达了，还特意告诉他："你今年一百岁！千万记住了！"

意外收获

麻大顺的运气正如他的名字一样顺。改革开放初期，他敢为人先，办停薪留职下海经商，跑长途贩运，很是赚了一把，成为当地的经济能人，受到乡里、县里表彰，大红花不知戴了多少回。后来政策收紧，他洗脚上岸，再回到单位上班，隔三岔五地请同事喝酒猜码，目的就是让同事们多担待些——他实在不再适应每天八小时坐班的工作制，经常溜号，或者不按时上班。

机会又一次来临。县里出台新政，重点扶持马兰乡经济开发，鼓励各方面力量包括机关干部积极参与。

马兰乡是个新设乡，也是个贫困乡。它是由三个乡镇的"镇尾"划拨组成的，人口不多，但地盘足够大。由于交通相对闭塞，过去三个乡镇对这里重视得都不够，所以发展比较慢，虽说不至于还是原始状态，但说没有多大改变大概没人反驳。落后有落后的优势，正如一张白纸，拿来画什么都可以。马兰乡的优势在于荒山荒坡多，适宜造林种果，发展林下经济以及其他与林果有关的产业。乡党委、乡政府甫一决策，便得到县委、县政府的肯定和支持，还专门出台了扶持措施，其中就有鼓励能人支持这一项。

麻大顺的名声还在，经同事鼓动，他的心也就更收不住了。但搞农业开发，他没干过，心里没底。同事说："没养过猪难道没见过猪走路？不就是植植树种种果吗？你脑瓜那么灵活，学一学不就成了？只要你拿得出本钱，请人请技术那不是张口就来？"麻大顺听后下了决心。

马兰乡乡长认识麻大顺，麻大顺说要到马兰乡看看，乡长特别高兴，说："你这大能人来，我们正巴不得呢，欢迎欢迎，热烈欢迎！"

马兰乡政府机关建在一处斜坡上，南面是起伏的旱耕地，西面、北面是耸立的大山，东面是一片乱石丛。乡长站在乡政府办公楼的楼顶指着乱石丛对麻大顺说："这块地虽然石头多，但泥土也不少，就这么一直丢荒实在可惜，包给你种果树如何？"麻大顺问："地有多大？"乡长说："大约五百亩吧。对这块地的开发，乡党委是研究过的，除了贷款贴息，前三年还可以免收承包金，这也符合县里给的政策。如果你有意，就发包给你。"麻大顺没有犹豫，立即就应承下来了。至于要种什么果树，他们讨论评估水果市场后，一致倾向于种三华李，嫁接的，快的话，第二年就可以收果。"到时候，你就是水果大王！"乡长夸赞了一句。麻大顺也不谦让，说："那我这个大王今晚就请你喝两杯，提前庆祝一下。"乡长看看太阳还在头顶，婉拒了。

麻大顺说话算数，果真签约承包了马兰乡政府旁这片五百多亩的乱石丛，种植三华李。石头不好清除，干脆不管，见缝插针挖树坑，再买来树苗和基肥，奋战四个多月，就全部种上了三华李果树。民工请的是当地人，不用管食管宿，价钱也不高。但算上其他七七八八的开支，麻大顺投进去了大半的积蓄，还贷款十五万元。

果树种下去了，麻大顺每周都开着他那辆二手越野车跑过来看。县里扶持政策措施允许，到马兰乡搞农业开发的干部职工每周可以只上三天班，其余时间自己支配。从果树冒芽、长叶，到一蔸蔸转绿，麻大顺都看在眼里，喜在心上。他相信，他这个水果大王当定了，指日可待。

可人算不如天算。第二年初春，遇上了霜冻天气，麻大顺的果树被冻死了三四成，他只得又买树苗回来补上。第三年，果树零零星星开了些花，但最终没有几棵树结果。麻大顺不信邪，再请技术人员来指导。技术员打眼一望，说是缺肥。麻大顺又按要求买回相关肥料，请民工全部施上一轮。施足了肥料，果树果然生机盎然，叶长得旺，枝也抽得快。但令人想不通的是，这些果树长得旺盛，花也适时开，就是结果少。第四年如此，第五年同样如此。

这个时候，马兰乡乡长已经改任乡党委书记，他也无计可施。麻大顺已经请过好几个技术人员指导了，还是找不出具体原因。书记和麻大顺站在乡政府办公楼的楼顶，脑门的皱纹打成了结。他们向东望去，原先的乱石丛换成了一大片绿葱葱的果树林，仿佛一面人造海或人工湖，在秋日暖暖的阳光下闪着碧莹莹的光。这是特美的景观，如果是诗人或画家看见，多半会诗情画意大发，但在麻大顺的眼里，那简直就是一片无用之物。

当然，世上没有徒劳无获的耕耘。马兰乡对五年经济开发工作进行总结表彰，麻大顺被评为马兰乡造林绿化先进个人。这是个意外的收获。麻大顺是有心栽花无意插柳，得了这么个奖，他哭笑不得。马兰乡召开表彰大会那天，他借口出差在外，没有到会。

头上功夫

入职第一天,出门时,老爸千叮咛万嘱咐,叫我千万听领导的话,和同事们搞好团结,说谦虚使人进步,骄傲使人落后,再不能拧着劲自己胡来,不是在家里了,万事得自己小心在意……

我烦得无奈,跨上电动车速速离开。

老爸还把我看成愣头青。我考不上大学——错,我连考都没有考,我高中也没上——老爸说就是因为我不听话、不上进。我只读了个职校,出来混了好些年,一事无成,现在能够找到这份工作,单位名称也光鲜,实在是很不容易。我知道,这是老爸豁出老脸的收获。我新单位的领导是我爸的同学,所以人家不看僧面看佛面,让我进了这家单位工作。虽然是编外,我也总算有了份正经的事干。我爸退休了,能够这样,也算是他的本事了,我不能拂了他的意。

在单位人事科,接待我办理入职手续的是位副科长。我打眼看她也就四十来岁,头发却已花白,烫成蓬松的一团,像个鸟窝。科里在座的还有一位男士、一位女士:男的看不出年纪,头发全白;女的应该不到三十岁,却也露出好多好多根灰白的准白发。

我的工位被安排在顶层。一路上来,走过一些没有关门的科室,我看到,几乎没有一个人的头发是全黑的,不是全白,至少也是花白,无论男女。与我同室的只有一个人,叫小于,也是头发花白。我细细看,发现他头发的白,是表面的白,里面发根却显着黑。我们年纪相仿,三言两语便热络起来。我正要问他些关于头发的问题,他被电话催走了,出门去办事。

我初来乍到,不敢串门,只好待在办公室里,看单位的资料,之后是上网。小于告诉我,有一台电脑是专供我使用的。当然,我上网,也只能东看西看,不敢玩游戏,虽然心痒,也必须忍着。老爸的眼睛仿佛时刻在盯着我。

临下班的时候,单位办公室通知全体员工开会。来到大会议室,我一望,好家伙!满当当一屋子,少说也有四五十人,全然不见有纯黑头发的,主席台上,局长、副局长也是一样,尤其是局长,已满头银发!

如果用一句话来形容,那真个是"满屋尽戴白头发"!

只有我一个是另类。

下班回家,我把所见告诉我爸。我爸也觉得奇怪:"是不是单位工作很辛苦?或者食堂的伙食有问题?不应该呀!"我爸猜不透是何原因。

第二天上班,我关上门,向小于提出我心中的疑问。

小于轻轻一笑,放低声音说:"多半是假的!局长头发白是真的,其他人也有真白的,但很多人是染的。"

我问:"为什么?"

小于说:"局长是位很能干的人,也是位很风趣的人。听说他三十几岁头发就开始白了。为什么白呢?局长有次在大会上说,他年轻时先是在一家大单位的秘书科工作,整天都有写不完的材料,后来调工作了,又到了一家人员松松垮垮、业绩平平常常的单位,后来单位搞好了,他整个人也累趴了。他说过,有白头发算什么,那都是为工作累坏的!不脱发,不秃顶,那是万幸了。局长还说,他看人哪,这个人能不能干、肯不肯干、舍不舍得干,看这个人的头发就知道了。"

我搞不懂局长说的是真是假,我把这些话说给我爸听。我爸说:"哪能这样呢?用脑过度,会造成白头发,这是有根据的,但人跟人不同,不是个个认真工作就有白头发的,局长应该是开玩笑,大家都信以为真了。"

我认为也是。

"不过,"我爸最后又说,"单位里人人都是白头发,你不白,也太不入群了,你也去弄一弄吧。你能不能干好工作,先入群再说。这叫——头上的功夫。"

于是,我听我爸的,到一家染发店去染头发。

染发师傅笑我,说:"人家都是染黑、染黄,你没病吧?"

我说:"你才有病!你会不会染?"

染发师傅说:"只要你喜欢,半黑半白,甚至蓝蓝绿绿,我都能帮你染!"

就这样,我把头发染成掺白掺黑的样子,两边鬓角还染了全白——这是因为我想到电视里有位大明星就是这个样子。

这样的头发,我一般一个月左右就得去弄一次。因为头发长了,黑的就会冒出来。为了保持模样不变,我还用手机把染好的样子拍了下来,再染时,就拿出来给染发师傅看,照着染。

我染发后,单位里的人看我的眼神祥和多了。我和谁都能高高兴兴地说上话。我和他们完完全全融成了一片。

七八个月之后,单位领导班子调整,局长换了。新来的局长秃顶。他头上仅剩下稀疏的一圈,他特意地、小心地把圈上的黑发绕上头顶,还用啫喱水把它们固定,让头顶不至于那么秃。

这下子可麻烦了,单位里所有的人都不知道如何是好。

难道我们也要改成秃顶?

把钱露出一点点

那天,大强哥上街卖鸡回来,被大强嫂骂了个狗血淋头。

大强哥以前好赌,被公安部门抓了两次罚了两回以后,收敛了。被大强嫂以离婚相威胁以后,金盆洗手了。最主要的是,漂亮的大强嫂接连为他生了一男一女以后,大强哥再没有时间游手好闲,得忙于养家糊口,算是同赌博彻底拜拜了。

当然,更主要的是,这些都是以前的事了,都过去了。大强哥如今到了不惑之年,儿女们也都渐渐大了,正上着初中高中,看势头还要上大学,家里若没有钱是绝对不行的。所以,大强哥现在的任务是在大强嫂的正确领导下,为发家致富贡献力量。

但是,那天上街,千不该万不该,大强哥就出了件令谁都会沮丧的事。

大强嫂决策得当,指挥有方,像牵牛一样领着大强哥,既要种田种地,还要养猪养鹅养鸡,这么些年来含辛茹苦,三层的砖混楼房建起来了,家里有了铁牛,有了冰箱,有了电风扇,还有了摩托车。大强嫂自任家庭财政大臣,会计出纳一身兼,大强哥要用钱的话,比如理头发、喝喜酒什么的(衣服全都由大强嫂买,她说她会还价),大强嫂就像挤牙膏一样给予支持。大强嫂说不当家不知柴米贵,大手大脚必定受穷,除非家有金山银山。大强嫂还说,就是有金山银山也要省着用,家有千文不如一天进一文，坐吃也会山空。在大强嫂如此这般调教之下，大强哥就只能当长工、干苦力了。

那天，大强嫂似乎发了善心，叫大强哥一个人拿几只鸡到街上农贸市场去卖，她说她腰疼，由大强哥自己去就行了，她就不去了。大强嫂让大强哥提过来一个大鸡笼，亲自指点着捉哪只鸡不捉哪只鸡。她先是让大强哥捉了八只，想了想，又让捉了两只，一共捉了十只鸡，把个鸡笼挤得满满实实。大强哥把鸡笼抬到摩托车后座上，捆绑牢了，跨了上去，发动车子，在大强嫂的注视下，头一次独当一面去卖鸡。他觉得，做这种事情，不费吹灰之力，只是费些时间而已，老婆，你就等着数钱吧！

大强哥带去的鸡，肥，毛色又好，刚到街头，就有鸡贩过来抢了。大强哥没给鸡贩，他不想被鸡贩从中间吃一截，他要亲自拿到市场去摆卖，多得些钱。果真，大强哥到了热热闹闹的农贸市场，才把鸡笼摆上，就有人看中了，过来买鸡了。没一刻钟的工夫，鸡就卖完了，总共得了五百多块钱。最后那位买家，一下子就买了六只鸡，连鸡笼也一起买了去。

鸡卖完了，日头还热辣辣地挂在天上，连狗都不出门，回去太早实在也没有必要，于是大强哥就决定随便逛逛。他先去米粉摊吃了碗猪杂粉，然后就到处闲转。没得到大强嫂批准，他当然不敢自作主张买些什么，但看看也能开开眼界，看上了说不定下一次就能买。

日头偏西的时候，大强哥街也逛够了，于是一路吹着口哨回了家。

可是，当他立功一样要掏钱交给大强嫂时，突然发觉钱不见了。他分明记得钱是装在裤子后面的口袋里的，扣子也是扣了的，可现在扣子没扣，钱不见了，把口袋翻出来也找不着了。被偷了，被贼偷了！大强哥慌了神，话也说不清楚了，呆在那里没法向大强嫂交代。

大强嫂当然是要发作的。她脸色大变，拣着最能解气的话把个死老公骂了一遍又一遍。末了，她转念一想，竟怀疑大强哥是老毛病又犯了，又去赌了，赌输了就来骗她说钱被偷了。她说："这个家过不下去了，要败了。"说完了又骂。

大强哥起初骂不还口，心里也觉得自己该骂，但后来老婆诬他去赌钱，他立即就来气了。他愤愤地说："你不信钱被偷了是吧？我明天就去抓小偷，抓到了看你怎么说！"

一口恶气堵在心里，大强哥说去抓小偷就真的去抓小偷。第二天一早，他把亲兄弟二强叫到跟前，把自己的事说了，也把他的想法说了，要二强同他一起去抓小偷。都说打虎亲兄弟，上阵父子兵，二强二话没说，坐上摩托车就同哥哥奔街上去了。

到了那个农贸市场，兄弟俩存放好了车，就想立竿见影，马上抓到小偷。两人心生一计，准备来个诱偷，也就是故意露出钱来让人看见，引诱小偷来偷。

二强身上带了钱，大强哥就向他借了一张百元大钞。随后，大强哥先把衬衣掖进裤子里，把钱依旧装进裤子后边的口袋，还特意露出一点点票面，然后叫二强在后面不远处跟着、盯紧。兄弟两个，一前一后，哪里人多就往哪里去。

大强哥走在摩肩接踵的人群里，从东到西，又从西到东，只看人不看物。他两眼放光，时不时摸摸屁股上的口袋，一路警惕着。二强若即若离地跟在他的后面，眼里也只有哥哥口袋里的钱，既希望有谁来偷，又怕看不见是谁来偷，警惕中还带着点紧张。可是，世间事就是这样，你想来什么却偏偏不来什么。兄弟俩在熙熙攘攘的农贸市场里转来转去老半天，钱还是在口袋里，没有谁来偷。于是，他们就换地方，到百货商场、超市、车站等地去转，去诱，依然是两眼放光，依然是警惕中带着紧张。兄弟两个,仍旧一前一后,走啊走,走得两腿发了麻,口也干了,钱仍然还在。

今天没有小偷!大强哥这么说,二强也这么说,兄弟俩泄了气,或者连气也没有了。于是,兄弟俩都说,白忙了,咱们去喝两盅。

然而,当他们进了小炒店坐下点菜时,大强哥去掏那张装在口袋里的百元钞票,却发现钱不见了!找找地上,没有!人家店家才迎过来招呼,绝对怀疑不得!钱,是在外面被偷了!

这真是做贼不易防贼更不易哪!兄弟俩那个气呀,却又没地方出!哥怪弟没看好,弟怪哥是笨蛋。最后两人酒也不喝了,潦潦草草扒了碗粉就回家了。大强哥想到还得还二强那一百块钱,真是气死了!

回到家,兄弟俩不再搭话,像两个闷葫芦。

后来,这事还是被村里人知道了。大强哥被当草包看,二强被当傻瓜看。大强嫂说,大强哥是没有脑子的死猪,二强是脑袋进水的蠢猪!

越描越黑

梁飞飞送儿子到机场坐飞机去上大学，邂逅了大学时暗恋的老同学卢梦瑶。二十多年不见，梁飞飞情不自已，别后写了首叫《彩虹》的情诗，却阴差阳错发到了老婆方婧的手机上。

周末，方婧从邻县回到家，买菜，做饭，一反往常。梁飞飞因为自己情感出了轨，又只是剃头挑子一头热，所以就想对方婧更好点，主动凑过来帮忙。方婧支开他，说酱油没有了，叫他去买。

手机正在充电，梁飞飞出门时没带。方婧从窗口望见梁飞飞下到楼底，走到了小道上，她回身拿起梁飞飞的手机，翻看梁飞飞最近的通话记录，一个女性化的陌生名字跳进了她的眼帘。

梁飞飞回来，撕开酱油瓶封盖，搁到灶台上，问："亲爱的，还需要什么？"

方婧回："亲爱的，今天我来服侍你！你待一边去。"

他们往时都是以姓名相称呼，今天奇了怪了，感觉像是在调情加温。

饭菜弄好了，方婧端上桌来。一碟油爆猪大肠、一碟苦瓜炒牛肉、一碟炒青菜、一盆花生莲藕排骨汤。

梁飞飞胃口大开，到酒缸舀来一盅植物泡的酒，问方婧是否也喝点。

方婧说不喝。

梁飞飞说:"都当领导这么些年了还学不会?"

方婧说:"我从来不喝。"

梁飞飞不信,说:"官场上能有不喝的?不喝,怎么混?"

方婧提高声音说:"我就不喝!"

梁飞飞自酌一杯,说:"不喝就好,人在江湖,身不由己,我以为你也……"

"你以为什么?"方婧抢过话,盯着梁飞飞,"我还以为你呢!"

"以为我什么?"梁飞飞笑笑。

方婧没有往下说,搛菜吃饭。

梁飞飞继续喝酒、吃菜,也不再说话。

方婧就一碗饭的量,她细嚼慢咽,还不时定睛望着梁飞飞,仿佛才认识梁飞飞似的。

梁飞飞被她看得都不好意思了,说:"亲爱的,没见过老公吗?"

方婧说:"梁飞飞,这段时间很快活吧?"

梁飞飞瞟了一眼方婧,不回话。

"是不是呀?"方婧追问。

"你说什么?我快不快活,你难道不知道?"

"我哪能知道呢?我又没有千里眼和顺风耳。"

"神经病!"

"我神经病?病的是你!"

"你到底要说什么?有屁就放!"梁飞飞提气上嗓。

"我问你梁飞飞,你心中的彩虹在哪里?"

梁飞飞脑袋轰的一下,真是怕什么来什么。

方婧拿过他的手机,找出那首诗,念了开头几句,然后说:

"你是不是表错情了?"

梁飞飞一下全明白了。方婧一定查看过他的手机。他大意了,但眼下得先把方婧的猜疑化解掉。

"这是我刚完成的,你是第一个读者,请指正!"梁飞飞脑瓜一转,想把方婧引到纯写诗的方向上去,转守为攻。

"一个编辑朋友约我写一组情诗,我正在找感觉,这是第一首。"梁飞飞决计把谎言编下去。

方婧说:"你一个老男人,写什么情诗?"

"说明我没老呀!"梁飞飞坏笑。

方婧忽然严肃起来:"梁飞飞!你真以为我什么都不懂?"

梁飞飞一时语塞。

方婧的眼泪已经在眼眶里打转。

梁飞飞急忙说:"文学都是虚构的,虚构人物,也虚构感情。"

"你敢说这也是虚构的?"方婧直视梁飞飞。

"你这是怎么了?你真想跟我讨论文学?"梁飞飞心虚,但还得装,摆出要争论下去的架势。

"我不跟你说这个,我只想听你的实话,看你老实不老实!"

"你说我不老实?"梁飞飞被激怒了,高声说。

"梁飞飞!卢梦瑶是谁?"方婧干脆揭开谜底。

梁飞飞一听,陷入了被动。他想斥责方婧偷看他的手机,马上又觉得于事无补,只会激发矛盾。

梁飞飞眉头一皱,计上心来。他装出恍然大悟的样子:"哦,你说的这个呀!你误会了!"

梁飞飞解释说,他那天送儿子去机场,返回时碰到了刚刚从上海坐飞机回来的大学同学卢梦瑶夫妇两人,多年不见,自然就聊了起来，回到城里，还一起吃了餐饭——你看，老同学相见，聊聊天，存个电话，就这么简单！

方婧问："你和那个姓卢的之前就没有联系？"

"没有呀。人家生意都做到大上海了，要不是这次巧遇，这辈子恐怕都见不着的。"

方婧斜视着梁飞飞。过了一阵，她说："你和卢梦瑶肯定相好过，我看得出来，你这诗就是写给她的。"

"我写给她干什么？要是写给她，我干吗发给你？"

"你发错人了。"

"我不是说发给你看看吗？"

"以前都不见你发？"

梁飞飞再度语塞。

"梁飞飞，如果你心里还有她，我不拦你，你去找她吧。"方婧神情冷峻。

"我承认，这诗是见了她以后因她而写，但我说过，文学是虚构的，并不代表真实情感。"梁飞飞说。

"鬼才相信！"方婧站起身，走回房间，砰地关上房门。

这一夜，梁飞飞睡儿子的房间。

第二天早上，梁飞飞主动起来做早餐，专等方婧起床。

大约睡到九点钟，方婧才起来。梁飞飞把菜又热了一遍。

还好，方婧气色缓和了许多。她洗漱罢，走到餐厅，自己拿碗舀粥。梁飞飞也过来一起吃。方婧却视他如空气。

梁飞飞问她："中午想吃什么？"

方婧白了他一眼，说："我中午有约，就不麻烦你这花心大诗人了。"

"我说你有完没完？你怎么就不相信我呢？"

"相信！我祝你心想事成！"

"方婧！我再说一次，我那纯粹是写诗！"梁飞飞终于忍不住了，越说越激动，"这些年我是怎么过来的？我有哪点对不起你？你怀疑我，我还怀疑你呢！"

"你怀疑我什么？"

"你自己清楚！"

"不过了！"嘭的一声，方婧把手上端的碗远远抛进洗手盆。

梁飞飞一脚踹翻了餐桌，也吼："不过了！"

酒　徒

人之好酒，自古有之，于今尤甚。

有一段子云：某单位领导被群众告发"好喝酒"，上级责令整改。于是该单位领导班子开会分析查找原因为"酒好喝"，提出整改措施是"酒喝好"，努力方向是"喝好酒"。看看，如此整改，恐日后挥霍公款或私款都只会更大，不如不整改。

此乃笑话。

喝酒级别，有酒徒、酒鬼、酒圣、酒仙。前二者，品位低，众皆不齿；后二者，好酒者均思成之。

吾创编团队四人，黄干、阿战、晓军和我，亦皆好酒。好在都有自省之心，只是苦于无痛改之勇。故，往往是每喝每醉，每醉每悔，每悔每喝，又每喝每醉，如是反复，无能改也。

吾观之，吾等四人，列酒徒可也。但众皆不接受，领队黄干甚至于见吾即咬牙切齿，斥吾污蔑团队声誉，几至欲揍吾一顿以解恨，只因其有腿疾，跑不过吾才得免。

是日上午，吾等四人从某县政府大院出来，走在大街上。因业务洽谈十分顺利，人人心中欢喜，又值午餐时间，黄干提议喝一顿。

阿战反对，言昨晚过量，尚闻酒欲呕。

晓军是九〇后，一般不提意见，不表态，只顾看手机。

吾正欲表态，忽见一挺胸翘臀长发少妇路过。阿战乃采花大盗，色中饿鬼，岂肯放过？只见他如猛兽般冲上前去，欲行撩拨之能事。

吾恐有失，怕招来少妇丈夫及其亲友一干人马，把阿战打了，忙叫晓军速去把他扯住。

然后，吾直接打电话给六九饭馆：订一桌。喝酒胜过惹事，请阿堵物帮忙则个！

黄干闻言，神情大振。他原本是拖着右腿走路，像拖着根水泥柱，此刻已经不拖了，走得比谁都快，两眼望着前方六九饭馆，裁弯取直，连红绿灯都不顾了，只管一味向前。吾想象得出，爬饭馆楼梯时，他怕是要手脚并用，如兔子般跳上去。

吾等三人上得酒楼进入包间时，黄干已稳坐酒桌边，端着个纸杯。桌上竖着三瓶牛栏山二锅头，桌上才上得一个冷菜、一碟炒花生。

吾知黄干饭量极小，往往吃快餐还要摊一半给阿战，对肉食也视如无物，撄之甚少，故高声曰："菜没上就喝了？"

黄干举起纸杯说："喝开水。"

菜逐渐上齐，服务员用托盘送来两个分酒器、四个酒杯。吾正要打开酒瓶斟酒，却发现一酒瓶里面已去了半瓶酒水。吾捉过黄干面前的纸杯，靠向眼前，一股浓浓的酒味涌进鼻孔。

黄干尴尬地讪笑。

阿战当然没有放过损黄干的机会，说："狗是改不了吃屎的。"

黄干很快转守为攻，端起酒杯，发号施令："五十步也敢笑一百步？我难道还不知道你们三个？来，干了！"

于是，这个中午，四人又皆大醉。

真酒徒也！

家书抵万金

我们这个时代明星辈出。

不用说别的什么人,就说我的发小兼闺密沈二妹吧,她现在已经是歌坛新秀了。

如果你经常收看某某电视台的文艺节目,你一定会看到一个永远穿着粗布衣、留着羊角辫的村姑在卖力地唱着老歌。这就是沈二妹了。

沈二妹最经典的或者说是最富标志性的装束,是每次唱歌时都身披茅草做成的雨披,尽管舞台上并不下雨。所以,沈二妹有个艺名:放牛妹。

其实,在台下,在平时,沈二妹根本不这么穿。相反,她披散着头发,穿得很好看,而且大多是名牌,尤其是在出名以后。

沈二妹出名后,她过去那些还能穿的衣服就都丢给我了。

我现在是沈二妹的随从兼保姆。如今出名的人都兴这个。

想当初,我和沈二妹没有考上大学,于是双双跑出来打工,过着吃了上顿忧下顿的日子;而现在,沈二妹经常飞来飞去地出演节目,过得要多光鲜有多光鲜。我这个随从也跟着她一起享受。你要让我不感谢、不佩服沈二妹都不行。

沈二妹对我没说的,就是好。但我提携不起来,我没她那天生的好嗓子。

沈二妹能有今天，我全知道——她歌唱得好，但更主要的是运气好。那阵子，我们在大工棚里做工，累死累活的，回到宿舍里就用吼歌来释放自己。这么吼来吼去，沈二妹就被一家叫"神州星工厂"的演艺公司发现了，于是带她过去"包装"，结果还真被推了出来，在一次电视台选秀比赛中斩获头奖。获奖后，沈二妹就出名了，成了这家演艺公司的红人。

说句心里话，沈二妹出名，我不反对，只有高兴。但她出名的办法，我反感。沈二妹说，她也是不得已，必须听演艺公司的，那叫"包装"。

这"包装"是什么呀？说白了，就是胡编乱造打苦情牌。

我的这种说法，可以拿一次电视台的采访来证明——尽管沈二妹在获奖感言中曾"哭诉"过她的苦难史，但这一次采访表达得更充分。她在回答采访提问时，说她是家里穷，读不起书，被迫早早辍学去放牛，日晒雨淋的，寂寞了、恐惧了就唱歌，所以把声音练出来了。她还说，她爸上山砍柴，摔断了腿，成了残疾人，从此做不了重活；她妈患有小儿麻痹症，走路也不方便；她的弟弟是个智障病人，等等。电视台那个女主持人说话嗲嗲的，未成曲调先有情，诱导般问她："那这些年你是怎么过来的？"她就泪流满面地哽咽着说，她家里还有一个姐姐和一个哥哥，姐姐嫁人了，就靠她哥哥苦撑着全家了，所以，她不得不离开家人外出打工，以贴补家用——幸好，她很幸运，她遇到了好心人，把她培养成今天这个样子……

沈二妹无中生有，说的都是假话。她爸、她妈、她弟现在好得很，一点都不残。可她说，不这样说，就不能打动评委、观众，就不容易获奖、出名。

我想，若是她家里人听到了，说不定会把她打残。

不知道她家里人知不知道她现在的情况。我们村那地方离城镇远，收看电视用的是"锅盖"天线，看不了多少电视频道。

我和沈二妹出来打工好多年，很少回家。特别是沈二妹出名后，我们就更没有时间回去了。今年春节，我无论如何都必须回去一趟，我太想我爸我妈了。可是，沈二妹说她不回去。说不回去，她又泪汪汪的。

我起程的时候，沈二妹交给我一封信，说是写给家里的，托我代问她爸爸妈妈哥哥姐姐弟弟好，同时还给了我一张银行卡，让我转交给她爸爸妈妈，说密码是她弟弟的生日。

等我回到老家，外出打工的人几乎都回来了，过年的气氛逐渐浓了起来。

我把带回来的信和银行卡送到沈二妹的家里，说二妹忙，她没空回来。

我很担心她爸爸妈妈骂沈二妹，也顺带骂我。可是没有。她爸爸妈妈接过信和卡，笑了，说："没空就不用回来，有钱给家里就行了。她是名人，忙，不用顾家。"

我说："你们都知道了？"

她爸爸妈妈说："谁不知道？村里人都想着同她那样呢！别说有病、残疾，说死了也值！"

晚上，我把她家里和村里的情况在电话里告诉了沈二妹，让她也回来看看。沈二妹听了，却哭了起来。

鸡群逸事

母鸡花娟膝下有五儿六女。昨天夜里,花娟一觉醒来,发现她的小宝贝们被老鼠咬死偷吃了四只,于是呼天抢地告到了鸡王那里。

鸡王听完花娟的哭诉,鸡颜大怒,立即传令鸡群安全生活领导小组,务必查个水落石出,从速问责。

鸡群安全生活领导小组得令,即刻成立专案工作组,逐级检查安防工作落实情况,以追究失职责任,杀一儆百,杜绝此类事件再次发生,还鸡群一个安全愉快的生活环境。

工作组首先下到鸡总会。鸡总会高度重视,认真汇报。工作组通过严查细核,一致认为:鸡总会安防工作落实到位,按时召开了安防工作会议,准确传达了上级会议精神,成立了专项工作领导小组,制定了工作方案、预案,有会议记录,有会议录像、照片,有领导讲话稿等相关书面材料,所以工作完全称职。

工作组又下到鸡分会。鸡分会高度重视,认真汇报。工作组通过严查细核,一致认为:鸡分会安防工作落实到位,按时召开了安防工作会议,准确传达了上级会议精神,成立了专项工作领导小组,制定了工作方案、预案,有会议记录,有会议录像、照片,有领导讲话稿等相关书面材料,所以工作完全称职。

工作组再下到鸡小分会。鸡小分会高度重视,认真汇报。工作组通过严查细核,一致认为:鸡小分会安防工作落实到位,按时召开了安防工作会议,准确传达了上级会议精神,成立了专项工作领导小组,制定了工作方案、预案,有会议记录,有会议录像、照片,有领导讲话稿等相关书面材料,所以工作完全称职。

工作组再下到鸡家庭。通过对各鸡家庭进行抽查抽检,工作组一致认为:各鸡家庭都参加了鸡小分会召开的安防会议,都认识到了安全生活的重要性,都尽职尽责带好管好了自己的家庭成员,努力做到大事不出,中事不出,小事少出甚至不出,因此没有出现任何问题。

工作组最后特别来到了花娟的家。通过检查,工作组认为:花娟虽然参加了鸡小分会召开的安防会议,但是,没有笔记,没有安防工作方案、预案,没有正确领会、全面落实会议精神,所以,对事故负有主要责任,应予追究,以儆效尤;但考虑到花娟还需要继续照顾和保护余下的七只小鸡,暂缓追究,以观后效。花娟睁着哭红的眼,一脸无奈。

工作组完成任务,回来向鸡王汇报检查结果,并提出了处理意见。鸡王听罢,又是鸡颜大怒,骂道:"放屁!"

老鼠联防队

俗话说：山中无老虎，猴子称大王。

在板那村，这句老话现在得换成：村中无人烟，老鼠称大王。

为什么这样说呢？因为板那村已经变成老鼠的天下了。它们的队伍越来越壮大，完全占领了板那村。

板那村在以前可是个让人眼热的村子。村子虽然不大，但地处大山边缘，屋舍整齐，还靠近公路，村前又有一方水塘，自然条件和地理位置都相对较好，故而附近山里面的很多女孩子的最初梦想就是要嫁到板那村来。

可现在不一样了。村里的年轻人都跑到山外去了，老人们也一个个跟着，住到了城里，帮带小孩。现在，就连过年也有很多人不再回村里过了，只是在上坟祭祖时才回来住上一两晚，有的甚至一晚也不住，扫完墓就赶回城里去了。

人留不住，老鼠们就大摇大摆地进驻村里。以前它们是住鼠洞，现在是住人的房子。那些房子有的是楼房，有的是瓦房，不过楼房不适合它们住，钻不动，瓦房更适合它们，它们可以在里面进出自如，高枕无忧。

但是，最近以来，板那村的老鼠们越来越频繁地受到黄鼠狼、猫头鹰、蛇等飞禽走兽的干扰和伤害，不少无辜的小鼠被咬伤，甚至被吃掉。还有，一些外面的同类也流窜过来，入侵它们的家园，勾引它们的母鼠，抢吃它们的粮食。所以，鼠王今晚特别召开会议，商量如何有效应对这些令它头痛的威胁。

遍观整个板那村的老鼠，几乎都是鼠王的儿孙。常言道，打虎亲兄弟，上阵父子兵。按说，鼠王的号召和部署完全不成问题。但事实并非如此。许许多多年轻的老鼠很不听话，大概它们脑袋上都长有反骨，不是阳奉阴违，就是公开与鼠王对着干。加上背后有那些老老鼠的撺掇、挑拨，年轻鼠辈们越来越放肆了。那些老老鼠，常年被鼠王压着，从未尝过母鼠的滋味，寂寞难熬，蠢蠢欲动，做梦都想着哪怕能够当上一天的鼠王也值，死也要死在母鼠们的石榴裙下。鼠王心里明镜似的，哪会不知？但大敌当前，当务之急，是先对付外敌，还板那村鼠群安定如初的生活，否则，它王不但当不成，恐怕连命也保不住，更别说继续享受妻妾成群的生活了。这叫安内必先攘外。

鼠王有一只耳朵缺了一个长口，看着有些怪。毕竟王位是打出来的，经历过数不清的恶斗，身体哪有完好无损之理。但鼠王就是鼠王，它端坐在高高的凳子上，不怒自威。

鼠王今晚召来开会的都是那些平日里爱捣蛋的老鼠，有老的，也有年轻的。鼠王开宗明义，说召集大家来就一个目的，要成立老鼠联防队。

鼠王通报和分析了最近敌情之后，宣布把板那村分成八八六十四方格，每个方格成立一支战斗小分队，分别由六十四只身强力壮的老鼠担任分队长，队员由分队长会后自己去找，多少不论。它要求相邻的战斗小分队相互联动，战时互相支援，务必把侵略者打死、打残、赶走，这叫联防联保。并且采用集群兵力作战，像狼群一样，合力粉碎来犯之敌。鼠王自任联防总队队长，权力直通至小分队，统一调度和指挥各小分队行动、联动。它没有设立联防中队、大队。它担心下面队伍势力过大，会造反夺权，把它赶下台。它的如意算盘，就是要把这些不听话的反骨鼠挑出来担当责任，发挥多大作用暂不管，先安抚它们，抬举它们，由它们去冲锋陷阵，死了更好，免除后患，确保它的王位永不倒。这叫一举两得。

会议自始至终都是鼠王在安排事项，发布命令。那些反骨鼠心虽不悦，但平白得了顶官帽，也就懒得多说。它们只向鼠王提出了一个要求，就是允许它们自由恋爱，拥有同任何一只或者多只母鼠相爱的权利，否则免谈，大难来时各自逃，是死是活听天由命。这个要求，好像它们早就协商一致，一开口就异口同声地提出来了。

这可不得了。鼠王身经何止百战才赢来的胜利果实，岂能轻易让众鼠分享？但权衡再三，没有舍就没有得，小不忍则乱大谋，鼠王同意一个分队长可以同一只母鼠相交，而且由鼠王来统一分配，乱交乱爱格杀勿论。

不行！我们保家护院可能连命都要搭上，必须完全放开，由我们痛痛快快快活一场！鼠们高呼，场面渐渐失控。

谁敢造反？看我马上废了它！鼠王忍不住了，雷霆大怒，耳朵一颤颤的。它跳下凳子，露出尖牙，冒火的眼睛在鼠群中扫射。

"揍死它个丑八怪！揍死它！揍死它！"

不知是哪只反骨鼠在鼠群中大声煽动，老鼠们越发群情激愤，像大水一样涌向鼠王，不管是头是尾，不分是肉是毛，张口就咬。

鼠王奋力抵挡，但终因寡不敌众（更因长期纵欲过度，体力透支，腰酸腿软），带伤落荒而逃，且慌不择路，滚进了村前的水塘里。

反骨鼠们见鼠王掉进了水塘，判定它应该活不成了，立马回过身乱哄哄地散了，迫不及待地去找各自暗恋的母鼠。打斗现场迅速清静下来，仿佛什么也不曾发生过。

　　鼠王死里逃生，游到对岸，灌了大半肚子的水。它艰难地爬上岸，一下就瘫倒在地上。

　　它万没想到会是这个结果，盘算着如何尽快扳回败局，收拾那帮反骨鼠，重振王威，恢复鼠群秩序。可是它感觉浑身越来越疼，脑袋已转不开。它的尾巴被咬掉了，四条腿有一条的爪子也没了，身上大概还有几处伤口。它想，养好这些伤，恐怕需要不短的时间。

　　"啊！真是鼠算不如天算哪！"鼠王仰天长叹，泣不成声。

处死蚊子

"扫地恐伤蝼蚁命,爱惜飞蛾纱罩灯。"

小时候读古典小说,上面的这句话至今未忘。不是我记性好,是书中人物对于生命的尊重令我感动。

后来,读到《农夫与蛇》及《东郭先生和狼》之类的故事,我又觉得一个人如果太善良了,忠奸不辨,善恶不分,甚而至于被某些"畜生"恩将仇报,那又太可悲了。

所以,做人,我以为最好是"中庸"一点,不能太"好",也不能太"坏"。一则,是因为谁都无法做到"最好";二呢,太"坏"了,是要遭报应的。须知,"善有善报,恶有恶报,不是不报,时候未到"。

鲁迅先生挥笔如刀,他有"横眉冷对千夫指"的一面,也有"俯首甘为孺子牛"的一面。他内心的柔软才是他的本真。他曾说过:"无情未必真豪杰,怜子如何不丈夫?"

看来,做人,还是仁慈一些为好,打打杀杀的咱们不要。

用这些读书心得来检视自己,我私下里觉得自己还算个"好人"。

举个很小很小的例子吧。

我每晚散步,最爱走的是有树的人行道。那些树真是太可爱了,安安静静的,风来的时候,会轻轻地招展一下,仿佛在同我说话。可是，有些人就不爱它们，把它们当作没有生命的东西，随便在它们的身上拉横幅，拉广告，拿细细的铁丝勒进它们的躯干，捆绑它们，移除横幅或广告时也只是一剪了之。我不知道树会不会疼，当我一看见那些生了锈的铁丝像绑粽粑一样捆扎在树干上，总想着为它们解脱，于是用手去扯，用棍子去撬。

各位看官，你们说我是不是个"好人"？

可最近我做了一件事，我又怀疑我的"好"了。

那天，我开车去南宁。一只蚊子不知何时进到了我的车子里，我启动空调后它就到处乱飞起来。我想，我是去外地呀，可不能把它带走，让它失去熟识的伙伴。我打开车窗打算让它飞出去。它飞到这边，我就打开这边的车窗；它飞到那边，我就跟着打开那边的车窗。我用手去驱赶它，它却跟我捉起了迷藏，不知躲到哪里去了。好吧，它爱去哪儿去哪儿，我不管了。可是，没过多久，它又飞出来了，在我的眼前晃来晃去。我又重复原先的动作，给它打开车窗，大开方便之门，并用手去赶它，示意它飞走。如是几次，但它就是不理解我的好意，不领我的情，赖在我的车里不出去。为了放它出去，我还分了神，差点让车蹭到路边的栏杆。我惊出了一身冷汗！我骂：天堂有路你不走，地狱无门偏进来！我可不能被你害了。我把车开进服务区，停了下来。我不再打开车窗，而是打开了车内灯。我敲敲打打，四处找寻它。它倒好，不知末日来临，飞出来了，而且飞向了我。我不管它是向我表演飞行技术还是向我示威，"啪"的一声，我两个巴掌猛力一合，一下就把它拍成了肉酱，彻底把它处死了。我还不解恨，把肉酱搓了又搓，直至把它搓没了。

阿弥陀佛！我想告诉这只蚊子，这可怨不得我，是你自找的！

寻狗记

这一天，壶城的几家广告小报同时登出了一则《寻狗启事》。启事是这样写的：

我家花花不见了，有哪个好心人若发现了，请告诉我或者送上门来给我，有酬谢。我家花花纯白色，走失时身穿灰色羊毛马甲，脚套黑色皮靴，头戴红蓝相间花帽，个子不高，也不大，六七斤重，走起路来一颠一颠的，好看极了。有谁发现或者提供线索的，重重有赏，决不食言。联系电话：353454。失主：汪小姐。

真是一石激起千重浪。这则启事一发布，壶城的大街小巷立即热议纷纷，从卖菜的大妈到修车的师傅，从公司职员到机关干部，都表现出了极大的兴趣，给予了高度关注。概括起来，这些人大致可以分成"关注狗命"派和"揣测狗主"派两种，当然，也有两者兼而有之的。

"关注狗命"派以善良的女性居多。她们一致认为，汪小姐丢失的这只狗，一定不是一般的狗。到底是只什么样的狗呢？大家纷纷猜测，众说纷纭，莫衷一是。但有一点是相同的，就是大家都觉得这只狗不会是那种用来看家护院的狗，应该是用来观赏做伴的宠物狗。大家通过失主汪小姐紧急登报寻狗和给狗的穿戴推断,这是一只名贵可爱的宠物狗无疑。那么,到底又是哪一个品种的宠物狗呢?有人连夜上网去查对,但网上列出的宠物狗有成百上千种,哪一种都可爱,哪一种的价钱都不低,最后也确定不了是哪一种,不过徒增烦恼。

在一次遛狗的时候——壶城某些人时兴遛狗,女的牵着狗逛街,男的用车子把狗拉到野外扎堆逗耍,听说他们还成立了狗协会——对于汪小姐走失的狗的品种问题,朱家少奶奶牛小姐思考再三,最后一锤定音:"这只狗肯定就是萨摩耶犬。"

"什么?沙漠爷犬?没听说过。"牵着一只金毛犬的毛小姐瞪着疑问的眼睛,佩服地问牛小姐。

"这你就孤陋寡闻了!不是沙漠爷犬,是萨摩耶犬。你知道有多少宠物狗不?说你太孤陋寡闻是不是?"说这话时,牛小姐正在摩挲她的贵宾犬的头。她对毛小姐的见识多少有些不屑,但还算有耐心,讲解了萨摩耶犬的形体和特性,甚至还有些卖弄地向姐妹们进一步介绍了哈士奇、博美、吉娃娃、苏牧、松狮、蝴蝶等一些名贵的狗。说完,她优雅地用三个手指头梳了一下她那染成黄色的长发,但一不小心,她那宽大的衣袖擦掉了一点脸上涂得太厚的脂粉,于是她又快速用手指补了一下。感受到众姐妹在专注地、羡慕地听她介绍,牛小姐心满意足,迎着冬日温暖的阳光伸了一个懒腰,然后,再次肯定地说:"所以,依我看,汪家丢失的狗,应该是只萨摩耶犬!"

"是,是,是,我看是。"

"是,是,是,我看也是。"

"……"

太太小姐们于是统一了意见。有一位胆子大一点的,干脆不再顾及汪小姐的伤心难过,当场斗胆打电话询问了汪小姐,汪小姐的回答证实了她们的判断。

这真是一只可爱的宠物狗，萨摩耶！聪明、文雅、忠诚、警惕、活泼，热衷服务，喜欢走动……

可是，在得知这是一只非常非常可爱的萨摩耶犬之后，这些善良的女人更揪心了——这只狗到底去哪儿了？天气这么冷，千万别冻着了——哎呀，都这么多天了，不会是被人杀了吃了吧？这鬼地方，男人们都特爱吃狗肉，没有一个好东西，才不管你什么狗呢！她们越想越怕，对这只走失的狗越发担心了，对汪小姐也越发同情了。真是物伤其类啊！

最终，还是牛小姐果断，她号召姐妹们团结起来，分成若干个寻狗小组，即刻为汪小姐寻狗。"在这只爱狗生死未卜的紧要关头，哪怕有万分之一的希望，我们也要做万分之万的努力！"她说。

就在这边"关注狗命"派的太太小姐们为狗命担忧的同时，那边"揣测狗主"派也没有闲着，心思活络得很。当然，这一派以男性居多。他们的兴致主要是探究汪小姐到底是个什么样的人，为什么养这样的狗，为什么把这只狗打扮得像个人似的。至于汪小姐的年纪究竟有多大，漂亮不漂亮，他们可是完全猜不出来。这也没办法，现在的壶城呀，不说是跟世界接轨，至少也是同港台融通了。就说称呼女人吧，未出嫁的叫姑娘、妹子，出嫁了呢，无论大小，哪怕是五十岁，叫小姐准没错。不过，这还得在正经的场合，如果你不管三七二十一见到女士就随便叫人家小姐，人家还会不高兴，不理你，因为这有辱女人的名声，好像是把人家看成在什么地方干活的什么人了。但是在严肃的、庄重的场合，在亲朋好友聚会的时候，称女的为小姐，女的就一定会春风满面的。有句话说得对极了，就是"英雄不问出处，美女不问年岁"，称女人（尤其是那些有身份的女士）为小姐，文明、礼貌、尊重、敬爱都有了，男的显得有修养，女的听来也不掉价，两全其美，喜莫大焉！所以，在这种情况下，大家猜不出汪小姐的年纪也就不奇怪了。

猜不出汪小姐的岁数那就干脆不猜了，男人们有时候懒惰得很，往往会把一些复杂的事情简单化。但简单也有简单的好处。譬如对汪小姐的身份，这些男士几乎不用想就敢断定：这汪小姐不是富二代，就是阔太太。有懂行的不容置疑地说："现时的宠物狗，没有几千上万块钱是买不到的，能养得起这种狗的女人必须是有钱人。"按照这种说法分析，如今养宠物狗的女人大体有三种：一是拿来做伴儿，排遣孤独；二是用来显摆，炫耀有钱；三是作为投资，谋求发财。那么，汪小姐属于哪一种呢？他们觉得最有可能是第一种或者是第二种，因为富二代和阔太太是用不着考虑投资发财的，只管享受就是了。可是，汪小姐到底属于哪一种呢？孤独的？显摆的？谁也拿不出个有说服力的定论来。这实在是个令人伤脑筋的难题，让这些热心的男人想得头都痛了。

头痛了还想不想？想。但是，有人不愿想了，喝酒去！想不到，这位仁兄就是在喝酒时，意外听到了汪小姐的确切消息。原来汪小姐是位少妇，但她也够可怜的，老公做大生意到处有产业，忙得一两个月都难得回来一趟，小孩也到大城市读贵族学校去了。狗是老公买给汪小姐的，主要是用来给汪小姐解闷的，但汪小姐养着养着就养出了感情，变成爱狗一族了。

正是踏破铁鞋无觅处，得来全不费工夫。这位喝多了酒的老兄也真够朋友，立马打电话给他那帮还在伤神费脑的哥们，叫他们不用猜了，赶快去献爱心，安慰安慰那个孤独的汪小姐。

有一个满脸粉刺叫作阿二的就暗想：这个汪小姐也真是的，养狗干吗？要是养我……

话说回来，不管是"关注狗命"派，还是"揣测狗主"派，都是没事吃饱了撑的，人家汪小姐压根就不知道他们在想什么。汪小姐发布了"寻狗启事"之后，就待在冷冷清清的家里，守在电话旁，终日以泪洗面，一心盼着她的爱狗回来。然而，一天、两天、三天过去了，如同泥牛入海，她的狗，那只曾经与她朝夕相处乃至相依为命的狗，一点音讯都没有。情急之下，她打电话给她的老公，可她那个不着家的老公根本不当一回事。"不见了？不见就不见了吧，不就两三千块吗？再买一只就是了。"她老公在电话里不耐烦地说。什么是知音难觅？无助的汪小姐这回算是彻底感受到了！

汪小姐沉浸在失望与无助的悲痛之中难以自拔。她做了个梦——

她接到一个匿名电话，告诉她在江边渡口旁的大榕树下有一只狗，可能是她的。

她闻讯大喜，急匆匆赶到江边渡口，果然见到大榕树下躺着一只狗，狗的上半身遮着一块小木板，上写：咬人之狗，判处死刑！

她揭开木板一看，正是她的爱狗，狗嘴已经被人砍去，四肢僵硬，显然已死去多时。

她两眼一黑，坠下河去……

钦差队长

总公司决定举办气排球大赛,分公司临急授令,钦定我为男女两队总领队、总队长,让我全权组建和训练气排球队。原因只有一个:我念高中时在校队当替补,曾在比赛中上过一次场,有实战经验。

恭敬不如从命。我在领导面前假意谦虚了一下,便拍胸脯表态说保证好好干,努力不辱使命。我私下里高兴得不得了,因为这意味着从现在起到大赛结束,我可以不用干公司里那些烦人的杂事了,更诱人的是这次气排球大赛总公司安排到位于沿海城市的一个分公司那里举行,我们可以借机去看一看大海,你说美不美?而且,每个队员免不了要配置两双球鞋、两套球衣、一套入场仪式正装,这些,都由公司买单,你说我能不高兴吗?傻瓜才不高兴呢!

于是,我立即行动,把大红海报贴在公司一楼楼梯口,着手招兵买马。随后,又找人帮忙,在公司大楼后面的篮球场上画线标设气排球场。第二天又买回了排球网和网架,还买了十个气排球。我巴不得第三天就把球队拉起来。

和我的预想一样,报名的员工非常多,男的女的老的少的,都争先恐后,想要进入球队。这种气排球又软又轻,技术含量不高,比较容易打,只要有手有脚人人都能来两下,现在很普及。

一时间，很多人对我特别客气，特别礼貌，特别尊敬。因为有领导授权，选谁不选谁由我定，他们笑嘻嘻地迎着我，把我唤作"钦差队长"。我知道他们想的是什么。我心里感到很受用，同时又觉得很为难。分公司上上下下一百来号员工，报名的已有七八十人，而每支球队只要十二个人，加上总领队，男女两队总人数也就二十五个，这是总公司对组队参赛明文规定的。而且我心里还有自己的小九九，就是要把分公司总经理和三名副总经理都放进去。他们练不练球、参不参赛无所谓，反正每队上场比赛只要六个人，滥竽充数也没什么大不了的，关键是有好处决不能忘了领导，不然，以后我就再也钦不了差了。分公司四个正副职领导刚好两男两女，两队各两人，所以每支球队实际上只能再要十个人。这两队各十人，要谁不要谁，我得想个万全之策。

我首先想到的是用考试来选人，但很快又否定了这个想法：一是不知道该怎么考、考些什么，二是觉得太麻烦。我不想自找麻烦。我接着想到了考核和考察，就是借用党政机关考核考察干部的办法，全面考察报名员工的德能勤绩，择优选取球员。想到这个办法，我有一种成就感，特佩服我自己，心里不禁自我表扬了一番。我连夜起草了一份考核考察的工作方案，从指导思想、考核考察内容、考核考察程序、时间安排、注意事项、纪律要求等方面做了具体而翔实的表述，还郑重成立了考核考察工作领导小组，由总经理、副总经理分别担任组长、副组长，其他部门经理为成员，领导小组下设办公室，我是办公室主任，全面、具体负责考核考察事宜。按照有关回避原则，我从不报名参赛的员工中指定九个人，分成三个考核组，并列出了各组考核考察的对象，限期完成任务。我希望我这个万无一失的办法能得到领导的高度赞扬和充分肯定。可是，当我兴冲冲地走进总经理办公室把方案递给总经理的时候，总经理只是简单地看了看，便说："不必这样做，多此一举，你找几个会打球的人就行了。"总经理的话给我泼了一盆冷水，我垂头丧气地走出办公室，对于应该如何组队变得完全不知所措了。

这天晚上，几个平时跟我比较要好的哥们和姐们请我去喝酒。他们都是报了名想参加球队的，我心里也希望把他们选进来。我想，他们兴许是知道领导不让我搞那么复杂的组队方法了，来帮我出主意的。他们一个个给我敬过酒之后，果然谈起球队组队的事。他们说，看来分公司并不看好这次比赛的成绩，能有球队参赛就算交差了，所以我不必太认真。报名的人多是多，但他们几个我总不能不照顾吧？当然，人多嘴杂，谁办事情时都想做到公平公正，但谁又能真的做到公平公正呢？他们纷纷劝我快刀斩乱麻，把人员定了。

在他们的开导和帮助下，加上喝高了酒，我很英雄气概地当即在酒桌上定下男女球队的名单，他们几位全都榜上有名。我说："明天大家就开始练球，不得缺席！"他们几个高兴之余还有点不放心，问我还需不需要经过总经理审批，我说："不用了，听我的！"

这一晚，大家喝得非常尽兴，都语无伦次地说了很多很多最后谁也记不住的话，那气氛、那情景特够哥们。我只大概记得，为了把他们都放进球队，我和他们挖空了心思，找了各种各样的理由。比如C，她有点胖，我给出的入选理由是重量够，扣球有绝杀威力。又比如D，他年纪有点大，但通过函授拿到了研究生毕业证，我就说他智商高，打球有头脑。如此等等。我选他们都有了说得过去的理由，也就是做到了用人所长。我这个"钦差队长"不是白当的，领导算是钦对了。

我把球队名单公布后，引来了一片叫骂声。骂我者，自然都是那些没入选的，这是情理中的事。但是我不管，因为领导没有一个说我不对。领导不说我,我怕谁?不怕!当然,我得装着委屈的样子、无奈的样子、尽职尽责的样子、众口难调的样子,勤勤恳恳地带领球队起早贪黑地训练。四个领导经常没空,无法全都到场,我就采取男女混合的方式合练,尖叫声、欢笑声接连不断,真真正正应了那句话:男女搭配,干活不累。这场景、这劲头,领导看了也不住地鼓掌打气。稍不足的是,我那几位哥们姐们,很多时候不是发球落网,就是接球不准,要不就是扣球飞出界外,让整支球队看起来有点像乌合之众。我专门指正了多次,他们也改不过来。我对领导解释说,这是磨合期,过两天就都好了。但训练结束后,我还是用粗话骂了他们。我恨铁不成钢。

临出发去参赛的那天,分管后勤的副总经理把我叫到办公室。他把一沓开了封的信件给我,让我看。我不知所以地抽出信笺,才看了几份,便直冒冷汗。这些信都是匿名信,可都是针对我的。有说我选用球员任人唯亲、搞帮派的;有说我贪污受贿、买球衣球鞋吃回扣的;有说我不懂装懂、训练无方的;有一封信甚至检举了我那晚接受吃请,说我根本就是一个以权谋私、不讲原则的腐败分子⋯⋯

我越看越怕,以至于不敢全部看完那些信件。我在反复想:这个"钦差队长",我是主动辞职,还是硬着头皮继续干下去?

猫鼠戏

新任局长茅理接到办公室电话,说是有人打来电话要他亲自同省厅的高厅长联系,并告知了高厅长的手机号。

茅理不敢怠慢,即刻拨打了高厅长的手机。

"嘟……嘟……嘟……"

拨打了一分多钟后通了,那边传来了一个男声:"你好!"

"是高厅长吗?我是壶左县的茅理,听说你刚才找我?"

"噢,是茅局啊!是这样,我们了解到你那里工作开展得很不错,走在全省前列,所以决定特别奖励你们一些项目,你赶紧做个方案,看看需要些什么,经费控制在三十万元以下,然后打个报告上来。"

"太好了!非常感谢高厅长厚爱,我们今天就做方案,做好了我今晚或者明天送上去。请厅长提示一下,做这个方案,拿什么项目,有没有具体要求或者限制呢?"

"没有,你们可以从购置办公设备和开展专项活动来考虑。注意,不要太声张,这次支持下边,我们只是选择了少数几个县,资金有限,逐步来。"

"好的。方案做好了我就上去,顺便请厅长一起吃个饭。"

"吃饭我来安排,你出门之前先给我个电话。我现在在财政厅,正找他们拨经费。"

"谢谢厅长!"

下午,茅理召集局里中层以上领导商量编制项目方案准备上报。方案很快就弄出来了,项目经费满打满算三十万。

茅理于是给高厅长去电话,说是当即就赶去省城,争取下班前到。

高厅长夸赞茅理工作效率高,然后便放低了声音问:"茅局,你那里说话方便不方便?"

茅理说方便,请厅长指示。

高厅长说:"是这样,茅局,这次拿到项目资金,是财政厅领导从机动经费中划拨的,我们想表示一下,买两套纪念金币送给他们,可我们这里不好开支,你那里能不能解决?"

茅理问:"多少?"

"不多,一套也就六千八百。"那边说。

"行。"茅理爽快地答应了。他想,花一两万换来三十万,连小孩子也知道值。

于是,高厅长让茅理拿笔记录收款人和银行账号,末了还顺带问了一句:"没困难吧?"

茅理回话:"没困难,这是我们应该的,有劳厅长费心了。"

高厅长说:"没困难就好,你马上叫人去汇款,款汇出了来个电话,我这就安排财务人员去银行提货,吃饭时送给财政厅领导。今晚我们同他们一起用餐。"

"好的。"茅理说。

放下手机,茅理立即产生了怀疑:堂堂一个大厅长,怎么会开口向下级索要一两万块钱呢?而且还这么急!

茅理找来电话本,查对高厅长的手机号。不过,电话本里并没有厅领导的手机号,只有办公室的电话。茅理不敢直接打高厅长的办公电话,而是打到了厅办公室,询问那个手机号是不是高厅长的。厅办那边是个女的接的电话,她说高厅长的手机号不是这个,是不是还有另外一个,待她试打一下才知道。过了几分钟,茅理再拨电话过去,那边说,那个号码不是高厅长的。

一切都明白了,差点上当!茅理敲敲脑袋,暗骂自己利令智昏,险成笑柄。

遭此耍弄,茅理首先想到的就是报警。但退而一思,又只好作罢。如今这种野鸡电话多的是,手机用户名都是假的,去哪里找人?再说,也没有造成实际经济损失,公安部门不会受理的,他们不可能闲得无聊去大海捞针。

如果就这么放过骗子,茅理又心有不甘,于是决计把这出戏继续演下去。

临下班时,茅理接到了那个"高厅长"的电话,催问款汇出了没有。

茅理回答说:"我正在路上,款应该汇出去了,还没收到是吧?我查问了再报告厅长。"

茅理跷腿坐在办公室里偷笑。过了四五分钟,他才回拨"高厅长"的电话:"厅长好!真对不起,我们财务人员说,你给的账号不全,款汇不出,银行叫我们核好了再汇。"

"高厅长"说:"我用手机发送另一个账号给你,你让财务到银行自动柜员机那里汇款,不要耽误了好事,货我们已经先垫款拿出来了。"

茅理说:"这样吧,厅长,不用汇款了,我身上带的有现金,吃饭的时候我把现金交给经办人行不行?"

"高厅长"说:"这样……也行,你们到哪里了?"

茅理说:"入城了。"

"高厅长"告诉茅理直接到桃花路天南国际大酒店,他们订了在那里吃饭。

过了半个小时,"高厅长"又来电话问茅理到哪儿了。

茅理答:"非常抱歉,让厅长久等了!堵车,快到了。"

"高厅长"说:"茅局呀,我和财政厅领导临时另有安排,要换个地方,我让吴处长接待你们。"

过了十来分钟,那"吴处长"来电话了,询问茅理何时到,声音听起来跟"高厅长"差不多。

茅理说:"对不起,吴处,我们迷路了。"

"你们在哪里?靠边停住,我去接。"

"在……中兴路……中段。"

过了将近一个小时,"吴处长"问:"茅局,你在哪个位置?"

茅理反问:"你在哪儿?"

"友爱大厦旁边。"

"再往东约一千米,我们停在红绿灯路口这里。"茅理又是偷笑。

约过了十分钟,"吴处长"又来电话问:"茅局,我到了,你们车是什么颜色?"

"黑色。"

"没见。"

"对不起,吴处,请再往前一千米,我们站在路边等你。"

又过了约十分钟,"吴处长"问茅理站在哪儿。

茅理说:"对不起,我们不敢乱停车,请再往前一千米。"

"……"

发财电话

如今的手机铃声五花八门，设置什么样的去电铃声和来电铃声任由机主爱好。这下，王三的手机响了，声音就像电影里鬼子进村时的音乐：

当——当当，当——当当，当、当、当、当——

满屋子的人正无聊，一听到这么个铃声都想笑。王三看了看来电显示，是个长途，想接又不想接，但那铃声一直持续不断，于是就接了。

"喂，哪里？"

"是1230104005×机主吗？"

"对呀，你是哪里？"

"我这里是吴城全国百姓幸运大赛组委会，恭喜你！你的手机号抽中了一等奖，我们正式通知你，并祝贺你，请你按时领奖，逾期则视作自动放弃。"

这又是个发财电话。王三几乎每天都接到这样的电话，真是红运当头，走路捡到钱包，天上也要掉下馅饼。王三一直不相信有这样的好事，但今天他觉得听一听也无妨，反正闲着也是闲着，电话是单向收费，接听不要钱，亏不到哪里去。

"哎呀，真是太感谢你们了！我正缺钱哪，做梦都想发财。请问，我得的奖是什么？是奖钱，还是奖物？"

"我们这次设的奖有两种，一种是奖钱，另一种是奖实物。考虑到外地的幸运者来领取奖品不方便，所以对外地的获奖人我们建议一律采取汇寄奖金的办法进行兑奖。"

"你们考虑得真是太周到、太有人情味了！我得到的奖金是多少呀？"

"请稍等，我翻翻看……哦，刚才我特别跟你通报过了，你中的是一等奖。一等奖呢，原本是奖小汽车，是由合作公司赞助提供的，现在兑换成奖金是十万元人民币。"

"天哪！我还没见过这么多钱耶！我真是太幸运、太幸福、太高兴了！我什么时候能领到这笔钱呢？"

"这要看你动作快不快，办事效率高不高。我们限定的领奖时间只有三天，今天已经是第二天了，希望你抓紧，不要错过时机，错过了，我们就视作你自己放弃了。"

"哎呀，你们真是的，为什么不早通知我呢？"

"非常抱歉。我们人手不够，加上这两天亲自来领奖的人很多，所以就耽搁了你。真是抱歉，非常抱歉，请你理解，也请你谅解。"

"没关系，没关系。现在通知也不迟，还来得及，来得及。你们今天能不能就给我寄钱呢？"

"可以，完全可以。这是我们应该做的，我们非常乐意为你服务，这也是我们的责任。"

"你们真是好人，大好人！我要向你们学习，我要报答你们，收到奖金以后我要马上飞过去请你们吃饭，请你们喝酒！"

"不必不必，不必客气。你的心意我们领了，这也是所有中奖者的共同心意，我们理解，十分理解，但是我们绝不能借此损害获奖人的利益。我们有制度，有规定，不得接受获奖人的吃请，更不能收取获奖人的任何礼品。"

"你们真是太廉洁、太自律了！我要向你们致敬！你们这么为我们着想，这么公正无私，我不表示表示，真的很过意不去，可是你们又有那样严格的纪律，那样高尚的人品，我只好白辛苦你们了，麻烦你们今天就给我寄来奖金吧。"

"好的，我们立即按程序为你办理汇款手续。"

"太好了，我马上就有钱了！谢谢，谢谢！请问，你们是通过什么方式给我寄钱呢？是邮局，还是银行？咳，什么都行！我马上告诉你我的地址和银行账号。"

"感谢你这么配合我们的工作，祝你永远好运！先生，在我们为你汇款之前，我得先把我们的规定和要求告诉你：根据财经制度，个人所得需要缴纳一定的税费，比如，你这次中奖十万元，按规定要缴纳百分之二十的税金，也就是两万元，但是，因为我们举办这样的活动，本身有公益性，所以，经过我们的努力和争取，税费降到了百分之十；另外，我们又同赞助单位协商，内部再降百分之五，你实际上只需缴纳百分之五，也就是五千元的税金就可以了。"

"好，好，好！行，行，行！那我还可以拿到九万五千元对吧？够了，足够多了！我马上告诉你我的地址和银行账号，希望你们今天就寄钱给我，辛苦你们了，谢谢！"

"好的，你放心，我们立即按程序为你办理汇款手续。按规定，你的税金一到位，我们即刻将十万元人民币，也就是你的个人所得汇寄给你。"

"什么？我要先交税金才能领到奖金？"

"是呀，这是规定，是统一的。"

"噢，也行。嘿，我想这样，我请你帮我支付税金，只给我寄来六万块钱就可以了，余下的给你作劳务费，要不，你们先给我寄过来一万块，待我从中拿出五千元回寄给你们后，你们再付齐奖金给我，因为我现在手头上实在没有那么多钱。"

"不行，我们不能这样做，制度不允许，请你按我们的规定办吧，否则，我们只能视作你自动放弃领奖机会了。"

"那好吧，我借钱给你们汇过去。请问，我怎么寄给你们？"

"我给你个银行账户，你按照它寄就可以了。记住，我们的兑奖期限只有三天，今天已经是第二天了，请你勿失良机！"

"不会，傻瓜才不爱钱呢！我找笔和纸来记一下，请稍等。"王三把两只脚搁到桌沿上，身子再往椅背上靠一靠，把发热的手机换到另一边耳朵，眯眯地笑，屋子里的人也都同他眯眯地笑。磨蹭了好一阵子，王三才又开口说话：

"你好，你说吧……哦……哦……哦……记好了，谢谢你。我也把我的姓名和地址告诉你吧，要不然，你们不知道是我汇的款。"

"好的，你说。"

"请听好喽，我叫张五，单位是梦幻市忽悠县骗你通信公司。你这次的来电通话时间是一小时零五分钟，感谢你对本公司的关心和支持……"

美丽的胡子

魏大川跟随蓝高阳去参加一个美术讲座，收获最大的是看上了讲座老师的胡子。那胡子特美，特有型，上接两边鬓角，在嘴巴周围形成"刷子"一圈，再吊向下巴，然后像瀑布一样把老师粗短的脖子遮住了。老师上身穿的是白色唐装，被胡子这么一衬，周身所散发出的艺术气息更浓了，气场不是一般大。蓝高阳介绍说，老师是当下红得发紫的美术大师，他的每一幅画都万金难求，常常刚画到半截就被人订购了。老师叫斯洛，这是艺名，真名叫张耀金，说真名好多人不知道，说斯洛不是圈内的人也如雷贯耳。蓝高阳还说，斯洛大师最著名的绝技是用胡子画画，他用胡子画出来的画更加值钱，一般的人连看都不能轻易看到。

魏大川正打算挺进绘画界。初出大学校门的他，涉世未深，但初生牛犊不怕虎，何况他的书法造诣已经不错了。他希望自己能够多掌握一门技艺，以便在高手如林的竞争中早早占有一席之地。

蓝高阳赞扬魏大川有进取心，说从艺就该有这么一股精气神，自古英雄出少年，大器晚成太难等；要只争朝夕，有志者事竟成，无志者一事无成。他说他深信魏大川很快就会扬名立万，成为书画艺术界的新星、巨星。

蓝高阳建议魏大川,既然爱慕斯洛大师美丽的胡子,与其临渊羡鱼不如退而结网,何不自己也蓄蓄胡子,先把自己的艺术气息整出来呢?现在的艺术大师大多留有胡子,有的还长发披肩,那派头,让人一看就感觉到不是等闲之辈。

魏大川摸摸自己连绒毛都稀疏得如同没有的嘴巴周围,说:"倒是也想这样,但胡子就是不长,怎么办?"

蓝高阳说:"办法是有,就看你有没有决心,我认识一个做脱发再生生意的朋友,治秃顶、治发际线后移,催生胡子,找他应该不成问题。"

魏大川说:"那就干哪!把你那朋友介绍给我。"

蓝高阳说:"人家可是要钱的,八千块,包你很快如愿以偿。"

魏大川说:"钱不是问题,赶紧联系吧!"

就这样,魏大川从蓝高阳的朋友那里买来了一个疗程的长胡子药,每天早晚将其涂抹在腮边、嘴边和下巴上。果不其然,两周后,魏大川嘴巴四周和下巴上的皮肤变得粗糙起来,皮下像长竹笋一样凸起一片尖刺,继而逐渐冒出胡子来。魏大川好不欢喜,几乎镜子不离手,一天照看二三十次。三周后,胡子已经长出来了一圈,只是不够黑,而且颜色不一,有黑的、灰的,还有红的、蓝的。魏大川一咨询,蓝高阳的朋友解释说是因为用药缺少一种元素,得购买。魏大川只得再花五千元追加买药。用上这追加的药以后,胡子的颜色果真全变成黑的。魏大川欣喜万分,去定制了三套唐装衣裤,还买了名贵的布鞋(他看到许多艺术大师穿的是布鞋),准备大干一番,争取早日出人头地。

可正在得意之际,魏大川发现他的胡子停止生长了。他再反映,蓝高阳的朋友说,那是因为药效过了,得定期用药。于是,魏大川只好又买了一个疗程的两种药。蓝高阳的朋友说给他优惠，只收一万块钱。

可问题还是再次出现。过了七八周的时间，魏大川发现自己除了鼻子和眼睛，整张脸都长满了毛。而且，渐渐地，这些毛越长越快，越长越旺，并开始向脖子上蔓延，他的脖子四周以及胸口的皮肤已经变得粗糙，"毛"意盎然。魏大川忽然恐惧地想到，他的上身即将被毛发全部攻占，他要变成黑猩猩了。

他决定阻止这些已经不再可爱的毛发的疯长。他向蓝高阳诉说他的担忧，向蓝高阳的朋友求助。蓝高阳的朋友说没办法，这是高科技，高科技只能用高科技来应对。于是，魏大川听从蓝高阳朋友的建议，又从他那里购买了一套脱毛药，一个疗程两万五千元，要连续用三个疗程，否则，他不敢保证断药后会不会有什么不良后果。魏大川希望能够保留胡子，只消除那些不需要的毛发。蓝高阳的朋友说，他目前还没有这个能耐，要脱毛就得全部脱，因为用药是外用和内服双管齐下，药效所到之处毛发将无一幸免，统统会被除掉。

药费贵得意想不到，但魏大川总算说服父母再次打钱给他买了。他是富二代，钱对他而言真的不是问题。不过他的父母对他花这些不着调的冤枉钱很是反感，所以不免骂他几句。毕竟是独生的宝贝儿子，骂归骂，儿子的事他们又不能不管。

令魏大川懊恼的是，他用药两个疗程之后，不仅他的胡子没有了，连头发也渐渐脱光了。他脖子以上，如同刚被收割过的庄稼地，粗粗糙糙，颜色斑斑驳驳，一片赤橙黄绿青蓝紫，哪里还像个活人的头，恐怕小孩子看见了都要被吓哭。

他妈的！魏大川不禁破口大骂。他做梦也没想到，他想要美丽的胡子，要来的却是恐怖的人头！

但人总得活下去。魏大川想要恢复头发,恢复他原来的形貌。蓝高阳的朋友告诉他:"没什么办法,只有植发了!那可是我最最拿手的本事!你考虑考虑,若决定了就告知我,我给你八折优惠!"

第二辑

过 年

打工六年终于当上了公司的第一副总，钱禄心里那个乐呀，挡都挡不住了。

这不，钱总决定今年要风风光光地回家过年。家在千里之外，钱总有三年没回去了。家里有七十多岁的老母亲，有近五十岁的大哥、大嫂。他想今年还要把大姐、二姐、三姐、四姐统统请回来团聚团聚，彻底热闹一场。

以往回家，钱禄都是坐长途大巴，这次不同了，是自己开车，宝马X6，手自一体，豪华型。车正要驶入高速路口，钱禄看到公司财务部的程雯雯在路旁向他招手，这个公司管理层第一美女，往日可是从不把他放在眼里的。钱禄靠边停车，程雯雯问也不问就自己打开车门钻了进来，坐在了副驾位置上。钱禄问："去哪里？"

"跟你回家！"

"做我老婆？"

"你不要？"

钱禄伸手扭一把程雯雯的粉脸："做梦都想要！"

千里老家一日还。

钱禄看着自家才一层的平房，牵着婀娜的程雯雯，对大哥大嫂说："咱家这老房明年要推倒重建，建成全村最高的。"

其时，大哥正在写春联，准备贴门口，但还没有写全。钱禄一看便知大哥写的是什么，说："哥，年年写这种对联，今年由我来写。"

钱禄接过毛笔，一挥而就。上联：前程似锦从此起步；下联：福禄双全于今到来。横批：富贵花开。

钱禄写的字龙飞凤舞，博得程雯雯连连喝彩，还给了他一个香吻。之前，他根本不知道自己会书法。

晚上的宴席上菜肴更是应有尽有。

大姐、二姐、三姐、四姐和姐夫们都回来了，几个外甥都穿戴一新，大哥大嫂和侄儿侄女们忙得不亦乐乎，母亲眉开眼笑，平时佝偻的腰板也挺直了。钱禄看着也觉得满堂喜气。这在他家，还是开天辟地头一遭。

菜一个个端上来了，鸡鸭鱼，牛羊猪，蒸的炸的，焖的炒的，都是大鱼大肉。钱禄拿出茅台酒，一杯一杯亲自给母亲以及大哥钱福、大姐钱春、二姐钱夏、三姐钱秋、四姐钱冬等所有人斟酒。酒过三巡，程雯雯抽出中华烟又一根一根地敬大家。钱禄觉得这全是富贵之家的做派。这在以前是不敢想象的。

看来老爸是有眼光的，给他哥俩取名叫"福""禄"。想起老爸，钱禄两眼湿润了。子欲养而亲不待。老爸含辛茹苦一生，没享过一天清福，没能看到他现在的成就，钱禄既遗憾又伤心，端起一杯酒酹到地上，默默地祭奠父亲。

宴席还在喜气洋洋地进行。

按老家的习惯，喝高兴了就要划拳猜码。钱禄与四个姐夫轮番猜了一遍，他不管输赢都喝酒。他这是敬姐夫。他今天好像怎么喝都不会醉，那酒就像白开水一样。

这时，几个外甥过来敬他酒。外甥敬小舅，迎来福禄寿！

钱禄探手掏钱包，要提前给外甥压岁钱。可是，口袋里却空空如也!

"雯雯!"钱禄一声惊叫,眼睛也睁开了,身边一个人都没有:没有母亲,没有大哥大嫂,没有姐姐姐夫,没有侄儿侄女,没有外甥,也没有雯雯。

钱禄一骨碌从床上坐起来,环视四周。他面对的是一间静悄悄的空屋:门窗漏风,工友们回家前捆绑好的铺盖堆放在各自的床角,他面前的长条木桌上搁着一只方便面空纸碗和一包没有吃完的干牛肉,桌下是几个倒地的啤酒瓶。

他记起来了:他这个春节没有回家。他帮公司看门,可以拿三倍工钱。更主要的原因是,他还没有女朋友,他不想独自回家。

忆起刚才的梦,他感到心里暖暖的。于是,他拿过手机,给程雯雯发了条短信:"雯雯:祝你新春快乐,万事如意,永远美若天仙!"

过了一阵子,程雯雯回复:"你是谁呀?"

钟乳石

参加奇石展销会回来，姚敬石一直激动不已。

那些价格不菲的石头让他看到了一条发财的金光大道。什么叫"靠山吃山，靠水吃水"，这回他算是看明白了。那些圆润的河中石他没有，可那些晶莹的钟乳石他不愁找不到。他的家乡到处是石山，有石山就有洞，有洞就有钟乳石。小时候他就在洞中避过雨，套过蝙蝠，抓过蛤蚧，甚至还在凉津津的水潭里泡过澡。他太熟悉那些山洞了。想不到那些挂在洞壁、竖在洞底的钟乳石，现在也能卖钱，真是天生我财、天赐良机啊！

姚敬石在机关做了三十多年的勤杂工，扫地、种花、剪草、分送报纸杂志、看门护院，样样干过，甚至是兼着干，就是没当过领导，哪怕是小得不能再小的头头都没当过。单位里迎来送往，接待过无数大大小小的领导，吃饭的时候，姚敬石是不会被谁叫上的。偶尔过年过节集体用餐，姚敬石也是坐在角落里，不声不响地吃喝。等人都走了，他就把那些扔了可惜的剩菜打包拎回家，放到冰箱里，这够他和老伴吃几天。

姚敬石的老伴没有工作，靠打零工帮补家用。独生儿子虽然没能像有钱人家那样挑着学校读书，但是争气，考上了大学，大学毕业了又在大城市谋到了工作——这让姚敬石心里多少有了些底气，也让不少人眼红眼热。

按说，有这么好的一个儿子，姚敬石专等着晚年享福就是了。可是，恰好相反。

儿子工作了，模样又周正，嘴巴也能说会道，于是身边就围着不少女孩子。男大当婚，女大当嫁，姚敬石和老伴做梦都想着儿子早日结婚成家。可这个婚，儿子就是结不了。不仅结不了，就连女朋友也固定不下来。起初，老伴还责怪儿子是不是学坏了。儿子委屈地说，不是他不想结婚，是租房住没办法结，得有自己的房子。

于是，为儿子在城里买房子就成了姚敬石的奋斗目标。

为儿子在城里买房子，这谈何容易啊？姚敬石的工资不高，儿子上学时又花掉了一些，最要紧的是，他家前几年刚买了一套三居室的二手房，所以，他现在最缺的就是钱了。

这次有幸顶替别人去参加奇石展销会，姚敬石一下子就来了主意。他破天荒买了包玉溪烟，吞云吐雾的时候，他仿佛看到了大把大把的钞票，也看到了儿子的新房子。

姚敬石到市场买来迷彩服、登山鞋、手电筒、钢钎等一应物品，到了周末，便骑上摩托车风风火火地赶回家乡。

姚敬石有一段时间没回家乡了。

山还是那样清秀，洞还是那样深幽。山里种满了甘蔗或果树，山风徐来，蜂飞蝶舞，鸟声啾啾，一片清凉幽静。

姚敬石在城里住得久了，红尘滚滚，噪声不绝于耳，此时便觉得家乡如同另一个世界，真有些超凡脱俗了。

姚敬石回到家的时候，他的哥哥不在，只有八十岁的老妈在。他把买回家的酒菜放到厨房里，便问老妈哥哥去哪儿了。

他的老妈耳聪目明，身板硬朗，说："你哥和叔叔都到山里去了，日头不过山不回来，你自己煮点吃的吧。"

他们去山里干啥呢？该不会是去凿钟乳石吧？姚敬石顾不上喝口水就抬脚往山洞里赶去。

他去的是最大的那个洞。路他熟。

想不到，他这一去被他的哥哥叔叔及几个老人抓了个正着。

"噢——终于等到了，原来是你啊！你这个不肖子孙，吃里爬外的贼！"

几个六七十岁的老人坐在山洞旁的大树下，看到姚敬石扛着钢钎全副武装钻进山洞，便追了上来，大声呵斥。

姚敬石不明就里，还以为不是在骂他呢，于是转身走过去，笑着掏出香烟要敬人。

想不到几个老的都不接，就连他哥哥叔叔也不接。姚敬石僵在那里，一下子明白了什么，忙解释说："我今天刚来，好多年没来这里了。"

"好多年没来这里了？谁信？你看，你看！"一个声音恨恨地说。

随着几支手电筒的光束，姚敬石看到洞内石壁上、地面上有许多被凿去或被割去石头的痕迹，其中一块矗立石崖边的状如宝塔的石笋，已被人从底部平锯进去了一小半，所幸没有被偷走。

想不到家乡的钟乳石遭了这么大的劫，姚敬石的心里此时也觉得不是滋味，于是不禁脸红耳热起来。

"这是上天赏赐给我们的，这些好石头没有几万年也有几千年了，现在说不见就不见了，不伤心吗？祖宗的东西你都敢破坏，你还是人吗？你拿它们去哪儿了？卖了？吃了？"

"老叔，真的不是我拿的，我真的是今天才来，也不是来拿的，是来看看。"姚敬石继续解释，想撇清关系。

"你来看看？你拿的是什么？当我们傻啊！告诉你，我们守在这里就是为了抓你的。你把所有偷去的好石头，不管是这个大洞的还是那些小洞的,统统吐出来,安上去,接好。否则,我们跟你没完!你这个不肖子孙,败家子!"

姚敬石百口莫辩,跳进黄河也洗不清了。

第一把火

新官上任三把火。兆明刚当选陇板屯的屯长,就想着第一把火该烧哪里。

他父亲在世时做了十几二十年的生产队长,用母亲的话来总结,就是没捞着半个好,得罪人倒不少,所以,他母亲和妻子并不支持他当这个屯长。但既然乡亲们选了他,他也就不想无所作为,不能像前任海天那样,失了民心。

烧哪里呢?

陇板屯以前是个出了名的"三无屯",无水、无田、无粮,日子紧巴巴的,无钱无脸面。从二十世纪八十年代末期起,这一带彻底破除了"以粮为纲"的思想禁锢,大力发展甘蔗生产,群众的生活才像啖着甘蔗那样,节节甜。靠着种甘蔗,陇板屯家家推倒了土坯房,建起了"甘蔗楼"。再后来,牛车换成手扶拖拉机,自行车换成了摩托车。

近几年,陇板屯把甘蔗地都租给了远大农业开发公司,搞连片开发,机械化生产,陇板人"洗脚上田",每亩甘蔗地每年净收两吨甘蔗款。

有了钱,得了闲,陇板屯的年轻人,养猪、养蛇、养龟和鱼,或者到城里开饭店、开小商铺、搞装修、送快递、送外卖,甚至打零工,干什么的都有。因为靠近城市,外出干活的人晚上还是会回屯里住，所以，买小汽车就成了年轻人的首选。

车多了，停车就成了问题。常常，兆明母亲不到天黑就会拎着菜篮子来到屋前的空地上忙活，实际目的是帮助儿子占个停车位。兆明反对母亲这样做，但母亲就是不听。他干脆不配合，把车停在路口的大榕树下。

由于屯里的巷子窄小，各家楼房加小院又是一家连着一家，房前屋角几乎没有空地，多数人家没办法，只能把车停在屯子周边。这样一来，车子被碰到、被划的事常有发生。停在近家处的，也不全是好事。有次，球三的儿子蹲在车后玩耍，球三大意，上车就发动车子，准备倒车转车，幸好有人看见，急忙猛喊猛叫跑过来阻止才没出事，要不然，球三要后悔、痛苦至死。至于两辆车在巷道上相会进退两难、行车时剐蹭的事，就更多了。

所以，停车问题必须解决。

兆明来到大榕树下。

大榕树在屯子东头，往西延伸过去是以前挖的水塘。榕树到水塘之间，原是一片乱石地，如今有五户人家开了荒，种上了蔬菜，如果把菜清了，在此建个停车场，就可以停放五六十辆小车。

兆明走进菜地。菜地里有种青菜的、有种薯芋的、有种瓜的、有种豆角的，它们有的长势旺盛，有的蔫不拉唧的，主人的勤快与否和重视程度由此也可以立判出来。

这个晚上，兆明将五户人家走了个遍，上门去征求意见，做工作。还好，有四户人家，一说就同意了。只有一户，海天家，海天妈不同意，说她就指望着这菜地过日子。这话说得大了。兆明打海天手机，海天说没问题，等他回来劝说母亲。

可过了七八天，还是不见海天回音。

兆明望着这一片菜地，心里越发欢喜，于是转头开车去了城里。海天在城里开饭馆,轻易不回来。

这一次拜访海天,果然见效果。没几天,海天告诉兆明,他母亲只要求兆明一次性支付征地赔偿款两千元。没等兆明回话,海天又说:"嗨!这你也不用担心,我来解决,我骗她说你把钱给了我就行了,你放心去建停车场吧。"

兆明召集车主开会,商议集资建停车场。办法是:停车场建设资金先从现在有车的家庭收取,每辆车一次性收取三百元;以后谁家买了新车再补交,用来维护停车场。大家一致同意,还商定:停车场建起来后,全屯的车都必须有序停放到里面,不允许再到处乱停乱放,各家占道的车棚也要自行拆掉。

兆明觉得自己蛮有号召力的,他当这个屯长或许比他父亲强。

停车场启用这天,兆明搞了个仪式。

他让本屯山歌队敲锣打鼓来唱山歌,引得许多人围过来观看。

好事多,好事多,
陇板停车场今日新开锣!
开心的事情一个连一个,
陇板人日子越过越红火。
……

随着山歌的演唱,兆明指挥各家汽车列队进场,按顺序停放好。

正在这时,海天妈举着牌子,领着三个原来在停车场内拥有菜地的大妈走了过来。

她们一边走一边喊:"不给钱就不准使用停车场!"

海天妈不识字，她手举的牌子上写着"赔我菜地款"几个大字。兆明心里明白了几分，他掏出手机拨打海天的号码，海天关机。

兆明迎上去，好说歹说，努力把大妈们劝走，说是有什么意见和要求等过了今天再说，这是本屯最大的喜事，别搅扰。

三位大妈听劝，转身离开。海天妈见状，丢了牌子，也悻悻地走了。

停车场启用后，陇板屯所有的车辆都停放到了停车场内，屯内巷道变得大为宽阔和整洁。兆明觉得美丽乡村至少要先有这么个样子。

可没高兴几天，兆明就受到了诬告。

那天，村委会主任陪着镇纪委的一位同志来找兆明，说要了解停车场建设开支情况。兆明立即打手机叫天星和大全回来。兆明说，具体开支问他们两人，都由他们管。

天星和大全被叫到村委会办公楼。没过多久，村委会主任来电话把兆明也叫了去。

镇纪委那位同志告诉兆明："事情都弄清楚了，你不但没有贪污集资款，还倒贴，多出了三千七百元补足开支，这事我们会向举报人解释，希望你把停车场建设开支清单公布出来，免得有人误会。"

兆明答应了。但真要把开支贴出来，他心里又有些打鼓。

那钱是他私自垫付的。他想着该如何解释才能过得了老妈和老婆的关。

那一抹朝霞

王村的鱼塘边一大早就聚满了村民。

村前的这片集体大鱼塘承包竞标就要开始了。这是王村的新鲜事,所以全村男女老少都争着来看热闹。

自打改革开放以来,这方鱼塘都在承包,三年一换,但承包给谁,都是村委会说了算,村民们都是事后才知道的。

不知谁曾说过,能够承包这方鱼塘,抵得上种二三十亩田,一年收个七八万不成问题。这话,有人相信,也有人不相信。关键是,一直都是村委会干部的三亲六戚在轮流承包,一般家庭只有看的份儿。

今年又逢着重新发包,看着鱼肉价格在上涨,村委会干部说,要把鱼塘承包金提到两万元以上一年,谁有本事承包给谁。

说这话的,是刚刚从县里派来担任村党总支部第一书记的年轻人。这个年轻人,是从县水产局下来的,姓郝,戴着眼镜,斯斯文文的,大家都叫他小郝,因为他要求大家叫他小郝。小郝在村里到处宣传这个新承包政策,还说要竞标,谁出的承包金多就发包给谁。但报名的时候,据说还是原来承包过的那几张老面孔,一般人还真不敢做啊,毕竟隔行如隔山哪,没做过的事谁心中也没个数。

但一言既出驷马难追。竞标承包鱼塘的新鲜事如期到来。

只见鱼塘边的大榕树下一字摆着三张桌子,村委会干部悉数在桌前就座,对面则排着几行长条凳,报名参加竞标的人坐在长条凳上,周围站着密匝匝的人。

竞标会由小郝主持。

小郝逐一介绍了参加竞标的人,被介绍到的都要站起来亮相。人们注意到,在参加竞标的人中,有一位是他们做梦也想不到的,这个人就是阿秀妈。

于是,人群就骚动起来了,大家议论纷纷。因为阿秀家最困难了,全村就她一家还住在泥房里,孤儿寡母的,要是真中标了,她家拿什么来投资鱼塘呢?她家会养鱼吗?阿秀妈不会是吃错药了吧?

小郝制止了大家的喧哗,然后宣布竞投标的规则和办法,又当场公推五名村民做投标、计标、开标监督员,接下来鱼塘承包竞标便正式开始了。

经过第一轮试标和第二轮正标,人们再一次惊讶——阿秀妈以每年三万六千元承包金中标!

阿秀妈在中标后只说了一句话。她问小郝:"我家真的能行吗?"

小郝握住她的手说:"行!我们会帮你。"

村干部们也都向着她点头笑。人群中有人还欢呼了起来。

这时候,东边的太阳露出了半边脸。那一抹朝霞,映红了阿秀妈的脸,也映红了大家的脸……

感 悟

春节就要到了，小农动起了心思。

小农从乡镇学校调到局里来当秘书快一年了，虽说还是事业编制，但也很不容易了，不知有多少教师想改行连门儿都没有呢。

小农生在农村，查遍祖宗十八代也没有一个当官的，在城里转弯抹角也找不出沾亲带故的，想不到就凭自己业余时间写几篇文章发表在报纸上，就被蒙局长找上门来了。

"小农呀，愿不愿意到局里来工作啊？"

这真是做梦都想不到的天下第一好事，小农激动得快有些手舞足蹈了，立马答应说："愿意愿意，太愿意了！就是不知道怎么办，我请你喝酒……喝酒去。"

蒙局长就笑了："喝什么酒啊！你那几个工资能抵得几餐啊？我想办法看看吧。"

小农回家把这事同父母说了，全家没有哪个不高兴的。

可全家人左等右等了两个月，小农调动的事连个声响都没有。

后来，小农家砍了甘蔗，卖了些钱，小农父亲拿着一万块钱来到学校找小农："崽啊，这些钱你拿去给局长吧，这年月不送点东西谁帮你办事呢？咱和局长又非亲非故的。去，机会难得。"说完,父亲手颤颤地把一沓钱塞给小农。"爸,我不去,不行就算了,我没那脸皮。"小农有些书生气,他父亲也只好作罢。

如此一等再等,小农也就不把调动的事放在心上了,以为是蒙局长说着玩的,或者就像他父亲说的,天底下根本就不会有这种自动跑来的好事。

春节后刚开学不久,一天小农下了课,校长打手机叫他到办公室一趟。小农到了,校长就沉着个脸说:"农老师,你小子什么时候搞的调动?叛变了?""没有啊,校长。"校长就丢过来一个信封。小农抽出信笺打开一看,是县人事局的借调函。"祝贺你!蒙局长是我的老同学,很爱才。明天我送你去报到,我也好久不见他了。"校长接着说。

看来,真是天上掉下了大馅饼。小农高兴得一夜睡不着。

从此,小农真的调到了局里工作。他被安排在秘书股。他很珍惜这个岗位,很快就熟悉了工作,局里的大材料、小材料他几乎都包办了。三个月后,他顺利办了正式调动,最近又任了副股长。小农那个心哪,乐得像泡在蜜里似的,干什么都不觉得累。他知道,这一切都是因为蒙局长。蒙局长对他有知遇之恩。知恩不报非君子。他曾私下表示要请蒙局长吃个饭,蒙局长就是没空:"请什么请啊,你把工作做好,发挥你的长处,就是对我最大的支持了。"如此这般,小农总觉得欠着蒙局长什么似的。所以,他打定主意,在春节前要送点什么给蒙局长。

送什么呢?送钱吧,少了拿不出手,多了又没有,弄不好还会被蒙局长骂。他最后想到了送茶叶,蒙局长最爱喝茶了。

主意已定,小农当晚就上街去买。他在几家有名的茶店走来走去,最后选购了一盒包装很大方很精致的铁观音,想了想,他又拐到名烟名酒店买了两瓶茅台。蒙局长不吸烟,但喝酒,他觉得光送茶分量太轻。

然后，他直接打的去了蒙局长的家。蒙局长去省里开会了，不在家，正好。

轻轻敲门。开门的是蒙局长的爱人。见小农手里提着东西，蒙局长的爱人就不让小农进屋。小农就说："我是局里秘书股的小农，这是局长叫拿回来的。"说完，放下东西逃也似的奔下楼去了。蒙局长的爱人将信将疑地站在门边看着他急匆匆地走了。

第二天下午，蒙局长回来了，小农不敢同他照面。

第三天上午，局里召开局中层以上领导干部会议，布置节前、节中、节后工作。小农感到蒙局长看他的眼神有些异样。

下午，蒙局长把小农叫到跟前："小农，上车，我们下乡。"小农就上车坐到副驾驶座，蒙局长坐在后面。

一路上，蒙局长问小农工作有什么困难，苦不苦，还夸小农能干，写总结、汇报材料都能写到点子上，写的新闻报道也能鼓舞人心。看得出来，蒙局长心情不错，小农原先悬着的心放下来了，也就无拘无束地和局长聊起来了，还大胆谈了一些改进局里工作的意见。他感到自己同局长的感情更近了。他忽然觉得自己太小气了，早该送点礼物给局长。都说君子之交淡如水，可走亲访友也是人之常情，走了访了，感情也就有了。这样想着，他觉得蒙局长不但可敬，而且更加可亲了。

车子行了二十多公里，到了一方水塘边停了下来。车门刚打开，就从小茅屋里跳出一个人来，头发花白，穿着一身洗旧了的迷彩服。"蒙局，我就知道这两天你会来。看，我正在钓鱼哩，等下给你带回去，我们先喝两杯。"那人满眼都是笑地说。

"不了，今天没空，我还要去别的地方。"说着，蒙局长从后备箱拎出一袋糖果，"快过年了，送些糖饼水果给你，祝你全家节日快乐！"那人接过袋子以后，蒙局长又从口袋里掏出一个信封,不容推辞地硬塞到那人手里,说:"这是一千五百块钱,给孩子开学用,你就转给小孩吧。来,我介绍一下,这是我们局的小农,今天这些礼物呀钱呀都是他的,交个朋友吧。"

小农一下子都明白了,握住那人伸过来的手不停地摇,不停地点头。

那人新交了小农,硬要请他们到家里吃饭,蒙局长说:"过年后再说吧。"

在上车去另一个目的地的路上,小农一句话都不说。蒙局长就说了:"小农啊,我知道你的心意,我们都是领工资的人,吃穿不愁,有好心就帮帮那些需要我们帮助的人吧。就说今天这个吧,是个双女户家庭,是我下乡'三同'时的东家,一个女儿出嫁了,一个还在上大学,他母亲又长年瘫在床上,老伴身体也不好,挺难的,以后你就替我关照关照他家吧,明年我就退休了。"

"好的,局长。"小农声音很小,但很坚决。

杧果的味道

壶城的街边全是杧果树,今年挂果又特别多。那一个个像桃子又不像桃子的杧果,从枝头伸出来,带着长长的果柄,显露在树叶外面,先是斜挺着,后来越长越重便都弯挂下来,皮色也由青变黄。人们一眼望去,满街的杧果树上全是杧果,树叶都被遮挡住了。

杧果据说是果中之王,既甜美又滋补,人见人想吃。但壶城街边的这些杧果树有城管管着,果子熟了由人统一收购,是不可以随便摘的,于是就这么一直挂着,成了风景。

李才爸就是在杧果熟了的时候再次进城的。

他一年到头很少进城。儿子李才在城里当局长,整天不着家,儿媳不喝酒,也不知道怎样和他说话,他怪别扭的,也闲得慌,所以不爱来。

老伴跟他不一样。自打儿子成了家特别是有了小孩以后,老伴整个变成了城里人,村里那个家倒变成旅店了。

李才爸这次进城并不是为了看老伴,他说是来看孙女的。其实,他心里是有个事放不下,总忐忑着。

从村里到城里,也就几十里的路。李才爸是坐"面的"来的。下了车,他也不给儿子打电话,把编织袋往肩上一搞,就沿着街边的人行道走。编织袋里装的是红薯,他隔一阵子就换一次肩膀。

他一边走一边东看西看,越看越感到满树的杧果真是可人。那一个一个的杧果,像放线团一样挂在树上,青青黄黄的,多得没法数。树下人来人往的,谁也不摘一个来吃。他觉得真是个好世道,就像孙女写作文时说的,是个什么世界,对了,叫太平盛世。

忽然,一个杧果从树上掉下来,打在了他的手上,又弹到了地上,蹦跳了几下,停住了。他弯腰去捡,见地上还有几个,就一起都捡了,放进了口袋里。他抬起头望望,竟没有谁要阻止他,于是放心地继续走。

走到另一条街上,他看见好多掉到地上的杧果被清洁工人当垃圾扫了,心里面就认为这种人真不会过日子,实在是太可惜、太浪费了。当他终于看到有人在捡地上的一些杧果时,他高兴了——原来,树上的果不能摘,地上的是可以捡的。他放下编织袋,从里面掏出个小布袋,从从容容地捡起地上的杧果来。

将要吃晚饭的时候,他肩上掮着个编织袋,手里拎着个小布袋,用脚碰响了儿子家的门。老伴打开门一看,说:"你个死老头子,来也不早说一声。"

儿媳过来接袋子:"爸,来就行了,还一袋一袋地带,这不是你儿子家呀?"

没等儿媳接手,他随地把袋子放了,说:"这袋是红薯,这袋是果子,给咱孙女吃的。"

在房间做作业的孙女晓倩跑出来,把小布袋打开一看,说:"爷爷真小气,这杧果街上满地都是,捡来的吧?"

他乐哈哈地笑:"地上捡的怎么了?你爸爸小时候吃番桃、李果,掉地上,还不是捡起来用衣袖擦擦又吃了?煨红薯,还没熟透呢,就抢着吃,满手满嘴全是灰。"

老伴说:"这死老头子,有你这样教小孩的吗?"

李才今晚刚好在家,见父亲来了,就连忙找出一瓶酒,说:"爸,又是走路来的吧?告诉我一声我去接你不行吗?这么重的东西,怕我饿死了?"

李才爸洗了手走到餐桌旁,说:"吃红薯有好处,家里种的干净。"

李才说:"家里多,哪天我回去拉不就得了?以后不要拿什么吃的来了。你看,茶几上的水果,苹果、雪梨、香蕉、哈密瓜都有,晓倩这丫头,送到嘴边都不吃几口。也不知道现在的孩子怎么就那么难养!"

李才爸盯着儿子看,问:"这些果是人家送的,还是自己买的?"

李才想不到父亲会这样问,喉咙像噎着了一样,出不来声音。

一旁的儿媳回答说:"爸,这些水果是我买的。你儿子哪有这个心呀?这个家好像不是他的。"

李才爸说:"是自己买的就好。千万别贪人家的东西,天底下没有白吃白送的。人没贪念,小鬼也上不了门。别人把不住自己,咱自己得走正道。当官的不走正道,迟早要栽跟头。这个理一定要记得牢,伤天害理的事再小也不能做,万不能人家挖个坑你就自己往下跳,到头来苦了自己。上屋家那个阿四,看来就不认得这个理,他爸痛心死了!"

听父亲喋喋不休地说了这些,李才心里忽地明白,父亲今天来,是有话特意跟他说的。同村上屋那个阿四犯了事,前日被关进去了。本来,一个村子能有两个人同在城里当局长,实在是件体面的事,可惜现在有一个当不成了,说不准连饭碗也不保了。看来,父亲是在为自己担忧。真是爱子莫若父啊!他心头一热,说:"爸,我知道了,你放心吧,不是当了官个个都犯事的,至少你儿子不会！"

　　这晚，父子俩把一瓶酒干了。

　　第二天一早起来，一家子吃了早餐，老子对儿子说："这里有你妈照看就行了。那些杧果你们不吃，我拿回去，老二那俩孩子不挑不拣的，还有他们那帮一起玩的小家伙，我拿去分给他们。"

　　李才说："我开车送你吧。"

　　"你那公家车不是我坐的，车站里有那么多车，我自己回。"李才爸说完就去拎他那袋杧果。

　　李才知道父亲的脾性，也不劝阻。看着父亲把那袋杧果轻轻放到肩上，他仿佛又回到了过去，回到了小时候父亲从袋子里掏果子给他吃的情景。

　　李才的心里甜甜的，像杧果的味道。

契爷请我帮个忙

"七一"前夕,伍奎打来电话:"莫契爷,请你帮个忙。"

"什么事?"我问。

"你去鸿昌车店帮忙订购十辆五菱宏光,要在'七一'前到货。"

"十辆?谁买?"

"还不是村里的年轻人!"

"你们自己来不行吗?又不远。"

"我们去了,没有货,经理也不敢保证,你去说说。"

"那么急呀?就不能等等?"

"不急就不找你了。"

"好吧,我试试看。可是,你不够契爷,来买车也不找我饮两杯。"

"去的人多,怕麻烦你。"

"这就是你不对了,伍契爷!下次来,你带一桶土茅台来,我们猜码重新选码王!"

"当官你行,当码王你就别想了,下次再搞翻你!"伍奎笑呵呵地结束了对话。

在中越边境的左江一带,男人要是交上了朋友,就不叫朋友,叫契爷。伍奎是岜那村的党总支书记兼村委会主任,我和他交上朋友非常简单，只因我到邕那村挂职担任了三年第一书记，一起共事，脾性也相投，就交上了。

邕那村以甘蔗种植为主业，年人均产蔗超十吨，光这一项收入，就不属于贫困村了。但也有贫困户。贫困户的成因，大致有三种情况：一是缺劳动力，二是因病致贫，三是夫妻都是智障患者。对于这些贫困户，伍奎是花了心思尽了力的。我还在村里挂职时也因户施策帮助过他们。如今搞精准扶贫，就更不用说了，从乡到县都落实了结对子帮扶人，上面给的政策又好，贫困户脱贫或者生活有保障不成问题。我离开时，邕那村的养奶牛水牛业、养龟养鱼业已基本成型，群众致富奔小康的路子更宽了，一些人家已买回了小轿车。

鸿昌汽车经营店的经理是我的本家莫若飞，接完伍奎的电话，我即刻联系他。他说有困难，这个车型比较抢手，他店里今年指标已经用完了，只能够再拿到七八辆。

我打伍奎手机说明情况，伍奎求我一定要十辆，十全十美，办喜事用。

我说："村里不是还有其他车吗？二十辆都有了！"

伍奎说不行，就要这十辆新的，相同的。

"办什么喜事呢？这么讲究！"我嫌他古板。

"没有这十辆新车，喜事就办不成！现在一时讲不清楚，你莫契爷现在头等大事就是要帮这个忙。"

我再找莫若飞。我说："这是我下乡挂过职的村，村民对我好得吃只蚂蚁都要分条腿。你照顾老哥这张薄脸，务必凑够十辆五菱宏光，你跟总部说，你到柳州工厂里去说，或者你借别的经营店的指标都行，我不问过程只要结果，十辆，'七一'前拿到。老哥求你了！"

"老哥啊，你这是为难小弟呀！"

我笑笑,说:"这是邕那村人民群众在考验你。"

提车这天,伍奎亲自领队来了,还果真带来了一桶自酿的米酒,足有二十公斤。

礼尚往来。我在一家大排档请他们吃饭。

大排档老板看见十辆绑着大红花的新车摆在店门口,很是高兴,特意免费送了两个菜。

开车不喝酒。车手们拿茶水敬我。我和伍奎则来真的,一干就是一大杯。

几大杯下肚,伍奎声言今天放过我,到喝喜酒那天再搞醉我。然后,他一招手,过来了一个瘦小的男子,问我是否还认得。

"这不是陆家老二吗?陆崇山!"我一看便叫出声来。

陆家兄弟陆崇水、陆崇山,我太记得了。他们全家就一间泥墙瓦盖的破房子,父母一个瘫一个残,老大陆崇水去打工带回来的老婆,没住上一年就跑了。伍奎办了养猪场,把两兄弟都拉进来做帮手。去年依靠扶贫政策扶持,陆家终于把新房子建起来了,兄弟俩一人一边,入屋酒我还去喝了几杯呢。

"你也买车?"我不敢相信地问。

"凑钱买的。"陆崇山点点头,腼腆地笑。

"莫契爷,现在年轻男人第一是喜欢老婆,第二就是车了。钱不够的,互相帮,今年你买,明年我买。砍了甘蔗,钱谁需要谁先用。"

"好啊!这就叫办法总比困难多!"我由衷赞叹。

伍奎告诉了我为什么要急着买这些车:陆家两兄弟同时要结婚,新娘是来村里砍甘蔗的越南谅山姑娘,新娘家唯一的要求是必须开着十辆柳州产的五菱宏光去迎亲,否则免谈。

"好啊,现在万事俱备,只欠谅山一行啦!祝贺陆家兄弟娶上跨国新娘,祝愿岜那村父老乡亲日子越过越幸福!"我举起满满一杯土茅台,真诚地说。

吃了饭,伍奎领着十辆崭新的车子,浩浩荡荡往回走。阳光照下来,车子发出亮闪闪的光,我的心里也亮堂堂的。

向一只蚂蚁致敬

曾经有那么一个中午,我近距离地盯着一棵树的根部看了很长时间。

我不是在研究这棵树,是在看一只蚂蚁的奋斗。

这只蚂蚁金黄色,小得几乎看不见。但我还是看见它了。

那天,我无所事事,什么也没有想,在树荫下躲着热辣辣的太阳。站久了腿有些累,我便蹲了下来,目光无意中看向身旁的树根。就在这时,我看到了这只蚂蚁。

这只蚂蚁正抱着或者说是顶着一粒米色的尘埃一样的东西在慢慢地向上挪移。这东西应该是蚂蚁的食物吧,尽管非常细小,但也差不多同这只蚂蚁一样大了。

曾听说蚂蚁是动物世界中的大力士,是群居的。我忽然对这只蚂蚁来了兴趣。

这是一只独自劳作的蚂蚁。它的近旁没有一只可以帮它的同类,要把这点食物搬到目的地,过程的艰难可想而知。它是否会气馁?是否会放弃?这是个未知数。

我把这只蚂蚁在这一过程中的努力看作它自己的一次奋斗。

这只蚂蚁从哪里找来这丁点食物已经不得而知,也并不重要。重要的是,它已经把食物搬到了树干底部。估计它的巢穴就在树上。

我目不转睛地看着它缓缓地向上爬行。它走的并不是直线，而是在曲曲弯弯地移动。据说蚂蚁行走是有线路的，来来往往走的是同一条路。这是它们不掉队、能找到家的保障。它们靠的大概是自身特有的气味。这种气味也许只有它们的同类才能闻得到。气味不存、路不见，它们就有走失的可能，就有回不到家的危险。回不到家，就会孤独地活着，或者孤独地死去。我不知道，走失的蚂蚁能不能找到另一群蚂蚁，找到了又能不能融入其中。所以，走失了是可怕的。

　　这只蚂蚁走走停停，时快时慢。它搬的食物对它来说也许太重了。我想，它为什么不先吃掉一点点呢？吃掉了，就会轻一点的，就会更容易搬了。是不是它已经吃饱了，再也吃不下了呢？我又想，搬这食物回去，它是留给自己享用，还是供全体蚂蚁享用的呢？如果是留给自己享用，它大可不必这么辛苦。它一只小小的蚂蚁，到哪里找不到吃的，而且又能吃得了多少呢？如果是搬回去给大家享用，它不搬回去，又有谁知道呢？蚂蚁都有给蚁群找食物的任务或者义务吗？如果有，那找不到了怎么办？谁怪得了呢？所以我认为，这只蚂蚁是完全可以放弃搬运，是可以偷懒的。

　　然而，它没有。它仍在艰难地、缓缓地搬动那食物。

　　我用手指挡住它的去路，试图阻止它。它停了停，掉转方向继续行走。我如是几次，它都是这样。之后，它的行动稍有加快，显出慌张的样子，但它始终没有放弃那食物。此时它已经远远地偏离了原来的路线，在盲目地东奔西走。它也许很累了，但我无法听到它的喘气声。我忽然可怜起它来。说不定我的恶作剧会害了它，会使它变成走失的孤独的蚂蚁。于是，我改用小树枝来拦阻它，试图把它引回原来的地方，帮它找到回家的路。但是，我的引导没有作用。它可能以为我是在伤害它，总是躲开突然出现的小树枝，选择绕开走。它抱着或者说顶着那米色的食物东奔西突地在小范围里打转。

　　我放弃了我的意图，不再干扰它。我希望这只蚂蚁能够自己找回它族群的气味，找到它回家的路。我依旧目不转睛地盯着它看。经过一番周折，这只蚂蚁果然又回到了原来的地方，找到了原来的路线，向着家的方向爬去。

　　我站起来，敬佩地目送着这只蚂蚁慢慢地向树上攀去，渐行渐远，渐行渐远……

新　生

春寒料峭，细雨迷蒙。C市收容救助站的小温和小钟裹着雨衣在街上到处巡行。这是他们的本职工作，目的就是查看有没有无家可归的流浪人员。一个衣着光鲜的男子，举着把雨伞在他们身后不远处不紧不慢地走着，仿佛是跟随他们巡行。

走到一处在建楼盘的围墙边，小温他们看见细雨中有一个蓬头垢面的男子倚墙而坐，怀里紧紧地抱着两个脏兮兮、鼓鼓囊囊的袋子。地上湿漉漉的，四周散乱地堆放着报纸、垃圾袋等杂物，也都湿漉漉的。更可怜的是，这个男子穿的是短袖，裤子破得露出了腿，脚板光着，冷得瑟瑟发抖。这个男子目光呆滞，麻木地看着越走越近的小温和小钟。

小温和小钟在距离他几步远的地方蹲下身来，轻声问道："下雨了，你怎么一个人坐在这里？"

男子搂紧了抱在怀中的袋子，并不答话，只瞪着木然的眼睛。

小温和小钟始终保持着微笑，先后分别用普通话、粤语、本地方言轻声询问。男子精神恍惚，仿佛没有听到小温、小钟说什么，似看非看地望着他们，任由雨水在蓬乱的长发上聚集、滴落，也不理会擦拭。小温把面包和水递向他，他也只是看了看，并不伸手来接。小温轻轻地将装着面包和水的袋子打开放到他面前，点头示意这是送给他的，然后又退后了几步。男子开始有了些许反应。他盯着袋中的面包,终于弄清楚了那是食物,也似乎明白了小温他们的善意,于是放下怀中的袋子,伸手将面包抓在了手中。

看到这,小温和小钟放心了。他们连说带比画,请男子跟随他们去救助站。

这时,一直在观望着的那位打雨伞的男子走了过来,表示可以帮助小温、小钟,将这个像乞丐又像傻子的流浪男子搀扶到市救助站。

小温、小钟很高兴,素不相识的人居然理解并愿意帮助他们!小温当即打电话回救助站,叫来了一辆救护车。随后,几个人联手把脏兮兮、散发着难闻气味的男子扶上车。

到救助站后,他们又引导该男子洗了个热水澡,换上了干爽的新衣服。

帮助小温他们的男子自称姓秦,他似乎很熟悉救助站的工作。他陪同小温几个做着这一切,一点也不嫌脏嫌烦。小温和小钟感谢他,要留他一起吃饭,他却动情地要求获得救助。

原来,这位男子是北方人,多年来一直在广东东莞开办公司做生意,因这两年经营不善,家庭又出现了严重矛盾,结果生意失败了,心灰意冷的他产生了轻生的念头,打算在离世之前再最后看一看这个世界,于是就开始了流浪旅游。他从东莞一路西行,来到这里时几乎已身无分文,吃饭勉强饥一餐饱一餐,晚上只能露宿街头。今天他看到救助站的人员,求生的愿望又冒出来了,于是申请救助。

"自愿求助,无偿救助"是各地救助站的原则。这位男子的请求当然获得了准许。小温、小钟当即按救助工作流程给他办理了入站食宿手续。

通过心理疏导社工的疏导,几人一起救助的那个男子慢慢恢复了神志,小温他们终于联系到了他的亲人,并得知这个男子患有精神障碍,于一周前离家出走。

两天后,小温他们把患有精神障碍的男子护送回家。那位秦姓男子说他也要回去了。

小温告诉他,如果回老家或者去东莞,救助站可以帮助提供路费。

他说不用,广东那边的朋友已经打了钱给他做路费。

他对着小温等在场的工作人员深深鞠了一躬,然后从随身的小包里拿出了一个小证件。这是他在东莞救助站曾做过五年志愿者的工作证。

他说:"我曾经是你们的同行,帮助过别人,就像你们帮助我一样。我要继续活下去!谢谢你们唤起我重生的希望!"

小温走上前紧紧握住他的双手:"我相信,你一定会活得更精彩!"

场上响起了热烈的掌声。

万绿缘

万绿湖金牌导游源源貌美，声音甜，但年过三十了还是单身一个。这可愁坏了她的父母，二老做梦都想突然在哪一天他们的女儿遇上她的白马王子，喜结良缘。

这真是皇帝不急太监急。源源淡淡定定，心如万绿湖的水，波澜不惊，终日只管忙她的业务。

万绿湖游客长年不断。万绿湖景区发布欢迎全国医护工作者免费游的消息之后，从各地前来旅游度假的医生、护士便接踵而至。尤其是那些在新冠疫情突发时勇敢奔赴武汉的逆行者，还得到了景区管理处的特殊照顾。源源几乎一刻也没有闲着，接待了一批又一批的游客，对谁都是笑脸相迎，热情服务。

这天，来了四老一少五位客人，旅游公司安排源源全程导游。少的是医生，老的不是，所以少的免费，老的按规定交费，他们完全没有异议，只求游得开心。几天时间下来，逛镜花缘景点，观送水观音像，进客家风情馆，登龙凤岛，吃湖鱼，品东江盐焗鸡……源源同他们已经处熟了，彼此相谈甚欢。源源也觉得怪异，她从没有过与服务对象感情如此融洽的感觉。

源源了解到，少的叫章远鸿，是河源市第一人民医院的内科医生，老的有两位是他的父母，另两位是他当时响应抗疫号召驰援武汉时认识的，男的叫洪天雄，女的是洪的夫人。章远鸿认识洪天雄,纯属巧合。

　　洪天雄是章远鸿到武汉后头一个接触并负责跟踪治疗的患者。当时,洪天雄的病情并不很严重,但他是位退役军官,在部队时还立过功,他原工作单位不敢有半点马虎,所以硬把他送来了。检查身体,打针服药,章远鸿一边认真细致地做着该做的一切,一边同老人聊家常。章远鸿说的普通话夹带有广东客家方言口音,老人好奇一问,果然是老乡遇上了老乡。老人说他是广东河源市东源人,只是后来他家移居到了韶关。他说家乡当年建设新丰江水库,库区民众好些移居到韶关、惠州等地。他从部队转业后,又到了武汉,一直就没有回过东源,也不知那库区如今怎样了。章远鸿相当高兴,当即把库区万绿湖开发利用的情况如数家珍地告诉了老人,并邀请老人找个时间回去好好看看,他到时候全程陪同。老人爽快答应,说等疫情过了他一定回去。他还说起当年拦河筑坝、建设水库的事,那真个是人山人海,红旗招展,劳动的号子此起彼伏。章远鸿说他父母也都参加了当年的水库建设,如今老人家一讲起当年,还一脸的骄傲。老人出院后,同章远鸿一直保持着联系。这次,老人就是应章远鸿之邀回来的。老人回来后先到韶关老家走了走,然后才到河源。章远鸿说话算数,请了假开上私家车,还带上他父母,直奔万绿湖。四个老人闲话当年,仿佛又回到了那激情燃烧的青春岁月,高兴得都像小孩。

　　天下事就是这么凑巧。源源的父亲也是当年新丰江水库建设大军中的一员,他们家后来移居惠州,源源算是在父辈的基业上工作。源源受老人们的高兴劲感染,说她的父亲也曾参加过新丰江水库建设,也算得上是万绿湖建设的元老。这可不得了,四位老人力促源源把她的父母请来,一起来个怀旧游。四位老人还有个小算盘,就是他们都相中了源源,认为她和章远鸿是天造地设的一对，所以这些天有意无意间总是拿这两个年轻人来逗耍，撮合他们。他们想，如果源源的父母也有此意，那十有八九好事就成了。源源不知是计，只是觉得把当年曾一起干活的元老请来聚一聚，绝对是件有意义的事，自己也可顺便孝敬父母一回。于是，她当真就打电话请父母赶过来。从惠州到万绿湖就百来公里，她想父亲开车两个小时就可以到达。四位老人相视一笑，十分期待。

源源向公司请了半天假，说是要全心接待父亲的老工友游玩万绿湖。公司副总一问缘由，当即请示老总。老总一听也很兴奋，指示说，这是万绿湖建设功臣大驾光临，晚餐由公司接待，叫副总做好准备，晚餐要安排到游船上。

晚饭时分，一轮豪华游船徐徐向湖心开去。船上欢声笑语不绝，源源公司的总经理、副总和几位部门经理都来了。一张大圆桌，满当当摆着东源特色客家菜，还有饮料和当地水果。总经理一边招呼客人品尝美味佳肴，一边介绍万绿湖旅游开发的现状和未来规划，虚心请元老们提出宝贵意见。

六位特殊客人相当满意，说万绿湖旅游业现在做得不错，如果要提意见，简单概括说，就是要管好用好现有的，同时与时俱进求新、求实、求高效益，关键是不准破坏环境，绿水青山就是金山银山，这个观念一定要扎牢。

好！总经理和大家报以热烈的掌声。

晚宴在轻松的气氛中继续进行，有位部门经理还即席唱起了客家迎客歌、敬酒歌。唱过之后，她把话筒递给源源，请她和章远鸿合唱一首《知心爱人》。

这正合了几位老人的心意，他们带头鼓起掌来。

两个年轻人的脸立马红了。章远鸿推说不会唱，源源也忸忸怩怩。

洪天雄同他们的父母耳语了几句,然后出声说:"我是军人,就喜欢干脆!小章医术高超,人品又好;源源这几天陪我们,细心周到,像亲闺女一样亲。我觉得他们两个也合得来,我想做个月老,把他们结成一对,大家说好不好?"

"好!亲一个,亲一个!"大家立即起哄。

两个年轻人羞得一齐跑到船舱外。

舱外,万绿湖水波荡漾,一轮圆月倒映湖中。

憨　福

　　周二哥中年得子，一颗常忧的心终于踏实下来，换成了美美的憧憬。他脑瓜灵活，胆子也大，早年从半死不活的工厂辞职下海，先贩猪贩鸡贩鸭，再去开小饭店，后来又改做生活超市，有了票子，有了房子，有了车子，有了妻子，可就是没有儿子，"五子登科"总是少那么一子。于是他求医问药，拜佛拜道，还戒了酒，也不知是哪个方面得了效，在他四十五岁时妻子为他生了个大胖儿子，取名贵发。贵，就是贵子；发，含发展、发财、发达之意。这是大吉大利的名字，周二哥的意思再明白不过。

　　然而，老天爷不长眼，贵发呆头呆脑，越长越傻。他上学读书时成绩一直排名最末，勉强升到初中，但考不上高中。周二哥认命，不为难儿子了，要教他做生意。周二哥心想，自己也没读过高中，不还是成了一方人物？算了，兴许儿子随老子，会做生意数银子。

　　周二哥买回一小车的红萝卜，让儿子拉到街上去卖。他对儿子说，他买这车红萝卜要一千二百块钱，进价每斤一块，现在市场上能卖到一块五，整车卖得一千二百块以上，就是赚了，这叫赚差价；少于一千二，就是亏本。

　　贵发拿了个台秤上了街。街市人来人往，好不热闹。贵发选在市场边上卖红萝卜，他在一块从包装箱拆下来的硬纸壳上大大地写上：红萝卜一块五一斤。

一下子来了一群菜贩子，但给的价都不超过一块钱一斤。贵发不卖。结果，只有三四个贩子买了总共不到三百斤，给价一块五。贵发继续等。等到太阳过了头顶，问者寥寥。他也肚子饿了，干脆收摊回家。

老子见儿子把红萝卜复拉回来，也不责怪，说明天继续卖，卖到一千块就行，否则烂了喂猪猪都不吃。

第二天，贵发换了主意，谁整车买，就一千块。菜贩子多是小商小贩，一个个走了。后来返回两个，说："你要卖八百块，我们要。"贵发说："行。"于是成交。

贵发回来，怕被老子骂，虚报卖得一千块，将钱交给了老子。他有钱，自己垫上了。

周二哥要锻炼的是儿子的感性、悟性。后来，他又带儿子去进货，教儿子如何同人打交道，建立稳定的进货渠道。贵发心不在焉，很少说话，周二哥仿佛带着个保镖。

其时，周二哥已经年近七十，再不交班给儿子，只能累死自己和老伴。

周二哥的超市，是周二嫂在打理，请了几个女孩子做售货员。贵发平时也来超市看老妈，见了女孩子还脸红，更不会主动同哪个女孩子搭话。但他总是隔三岔五就要来。老妈知道儿子已渐谙男女之事，但不能由着他。她和周二哥的愿望，是让儿子找个善良又识文断字的，最好是个大学生，将来才稳保有发展。儿子个头一米七三，五官端正，虎背熊腰，除了脑子笨一点，憨一些，没大毛病，找个好女孩应该不成问题。

贵发被父母正儿八经领到超市，介绍给员工。员工们齐声一句"周副总好"，把贵发喊得面红耳赤，双手插在裤袋里直哆嗦。

小主人新当家，超市发善心，给每个员工打盒饭，送扣肉烧鱼快餐。贵发端着快餐盒，风卷残云三下五除二便吃完。食欲这么强，难怪他浑身是膘。

有个眉目清秀、身材壮实的女孩子看在眼里，靠过来冲他说："周总，这扣肉我不吃，你帮我吃了吧。"

贵发也不说话，伸过饭盒，让女孩把扣肉搛给他。

女孩自我介绍，她叫程文卿。

贵发轻声说："文卿好！"

"周总帅呆了！"程文卿悄悄赞一句，扭腰走开了。

从此，贵发几乎天天来超市。来了就到各个货架转，最后定脚在文卿导购的地方。

周二哥不小心摔断了腿，做手术、住院，贵发到医院陪护，文卿下了班也来。女孩细心周到，周二嫂心里暗喜，干脆调了她的班，做后勤，机动。

周二哥出院，贵发和文卿去民政局领了证。国庆节前夕，周家办了场盛大婚礼。贵发西装笔挺，站在宴席厅大门口一直傻笑。程文卿大大方方挽着他的手，彬彬有礼地迎接客人。

一年后，周家喜添新丁。文卿一胎生男又生女，一下写全了个"好"字。

家里请了个月嫂，伺候文卿坐月子。月子刚过，文卿就到超市协助婆婆。贵发有了儿女，也变成了老小孩，整天逗着孩子玩，超市的生意很少理会。

再过些日子，周二嫂把超市的生意全交给了儿媳文卿，回家专心带孙子。她对人夸赞："我儿媳是学营销的，心大着哩，说将来还要开连锁店。"

贵发有时也去超市，去了啥也不干，只会看着老婆文卿傻笑。

一双运动鞋

我的同事胡金彪弃教从警,改行考进了市公安局。临别那晚,他招呼我们几个平时常聚在一起的人小范围喝了场小酒。

共事一场,脾气对脾气,我们都舍不得胡金彪走,但又不能不尊重他的选择,酒席上充满依依惜别之情。

胡金彪给我们一个个敬酒,说到他为什么要去当警察,他特地向我们讲了这个小故事。他说,这个故事埋在他心底很久了,他若不讲,再好的朋友也不会知道。

"那是十多年前的事了。有一天下午,一个十几岁的少年跟随同学来到县政府第一生活区玩。这是我们县城比较老旧的一个生活区。我们县城那时已经开始搞商品房开发,这里将要拆迁改造,许多买了新房子的人家已经陆陆续续搬到新房子里去住了,住在这个生活区的人家越来越少。天刚黑的时候,这个少年玩够了,跟同学告别出来,走过一户人家的窗口时,他看见里面有一双浅色的运动鞋,是他特别喜欢的那种。于是,他突然冒出了偷窃之心。他想买这种鞋已经很久了,可他家穷,他不敢向父母开口。因为企业改制,他父亲下岗另谋职业,赚到的钱刚刚够维持家里生活;他母亲是农民,身体不好,常年吃药,家里的地几乎都荒了。所以,他能够正常上学读书就不错了,花钱买双好鞋那是做梦。

"这个少年看四下没有人,便试着去开这户人家的大门,没想到那门没锁,他轻轻一拧就开了。他蹑手蹑脚走进去——大家也许还记得,这里的老房子是青砖墙,瓦盖的那种,尖顶,里面有天花板,每户人家两间,分隔成四个小间,大门入门这间做客厅,三间做卧室,厨房建在卧室的后面,从客厅这边有通道通进去,厨房和房间之间用围墙连接,中间是个狭长的小天井。

"这个少年要进去的是客厅旁边的那间卧室。当他快要摸到运动鞋的时候,忽然从厨房里传来了脚步声,走向大门。他急中生智,缩身躲到床底。原来是这家的女主人在家做晚饭。女主人走到客厅,把大门打开,然后坐到沙发上,喝水。也许是饭菜都做好了,她坐在沙发上不再起身。这个少年紧张得差点弄出声音来。而让他更后悔更恐惧的是,没多久,这家的小孩和男主人前脚接后脚回来了。见小孩回来了,女主人才又起身去厨房。小孩是男孩,两个,他们一到家,便进到放运动鞋的那间房,把书包挂到了墙上。其中,有一个先走出去,对男主人说了些什么。男主人走进房间,四下观察了一番,然后退了出去,招呼两个孩子坐下,询问他们今天补课的内容。两个孩子,一个叫他爸,一个叫他伯父,互相补充着向男主人汇报了补课收获。男主人表扬他们学习认真,说小孩子上学读书就应该这样,千万不要学坏,一个人学好不容易,学坏却很容易。但学好才会有前途,才能做人才,将来为国家做贡献;学坏,不但害自己,还会害父母,害兄弟姐妹,人人都讨厌,都憎恨。两个孩子都保证,说绝不学坏,他们长大了,也要当公安,像爸爸(伯父)一样,抓坏人。正说话间,女主人在厨房里唤吃饭。男主人对着房间喊:'出来吧!躲在床底的孩子,我早看见你了!'

"已经吓破胆的那个少年战战兢兢地从床底爬出来,那会儿想死的心都有了。男主人问少年躲到他家里来干什么。少年老老实实交代,说是想拿那双运动鞋,但现在不想了。男主人问为什么不想了。少年说那是学坏,他不想学坏了。男主人问少年叫什么名字。少年说叫胡小虎。男主人又问少年是哪个学校的,少年说是二中的。男主人说:'我就是二中的校外教导员,要不要告诉你们校长,叫他来领你回去?'少年吓得跪下来,连连求饶,说他是头一次起坏心,以后保证不会这样了。"

胡金彪说到这里停了下来,问我们知不知道这位男主人是谁。

大家一时说不出来。胡金彪提醒:就是五六年前在侦破"6·21"大案中被砍受伤、立二等功的那位。

"哦!"我们立马都知道了,不约而同哦了一声。

赵立志曾是市公安局刑侦大队的副大队长,他的大名在我们这儿无人不知!好威武和善的一个汉子,可惜现在因残退休了。

胡金彪接着讲他没讲完的故事。

他说:"那晚,赵立志把胡小虎留下来吃晚饭,最后还把他儿子的那双运动鞋送给了胡小虎。他儿子说穿旧了,已经买了一双新的。这是个惊喜。三个少年年纪相仿,都在读初二,不同的是,两个读一中,一个读二中。后来他们成了好朋友,都考上了本市最有名的高中——市第二中学,再后来又都考上了大学。有一点点遗憾的是,赵立志的儿子和侄子没有听从父亲(伯父)的建议,选择去上警察学校或者军事学校,而是一个学了土木工程,一个学了电子计算机。胡小虎则去读了师范学院,他认为师范学院毕业出来找工作相对容易一些。他家需要他尽快工作。"

故事讲完了,我们都一头雾水:胡金彪干吗讲这个故事呢?

胡金彪建议大家再一同举杯。

大家同时一饮而尽。

然后胡金彪揭开谜底:"知道胡小虎是谁吗?我!这是我以前的大名!"

"哦!"我们又不约而同地哦了一声。

"我要帮赵立志老叔遂了心愿。我要当一名像赵老叔那样的好公安民警!"

常军请客

常军从B县到C县来发展，邂逅了高中老同学康民，他乡遇故知，两人自是一番亲热。康民说："老同学你真会找地方，这里有咱四五个老同学呢，看来我们得找个时间好好聚一聚。"常军说："好啊！我来做东，今后还请老同学多关照。"康民与他握手相别，说："就这么定了，等我来招呼。"

B县和C县是邻县。常军在老家B县那边从小打小闹做起，先是干泥水匠，后贩水果蔬菜，再后来又搞房屋装修。小半辈子最遗憾的是没能考上大学，但通过摸爬滚打，早早也完成了前期的财富积累，成了小老板小包工头，有了房，买了车，手下还有七八个打工仔使唤，到底混出了个模样。他到C县来，主要是看中了这边城镇化建设力度大，发展的机会可能会多一些。想不到刚来不久就碰上老同学，常军当然高兴了。

常军等了一个多星期还不见康民来电话，心想：会不会是康民忘了？于是就主动打康民的手机。

康民回话说："阿军啊，这事我记挂着呢。他们几个不是出差就是开会，这个有空了那个又有接待。这回我得下命令了，就定在周末晚上吧。"

常军说："那太好了，我去提前订个地方吧，你看哪里好？"

电话那边康民沉吟了一下，说："现在管得比较严——不过,我们是私人宴请,不要紧,还是上档次一点好,那——就订在金爵大饭店吧。"

常军说:"行,我订好了包间给你发信息。"

到了周末,常军特意理了头发,还穿了件名牌短袖T恤,皮鞋擦得锃亮,太阳才刚偏西就来到饭店等候,并带来了几瓶好酒和一条高档香烟。

大约五点钟光景,康民到了,一边进门一边还打着手机,催请未到的同学按时过来。

常军满心欢喜,叫服务生把菜单拿来,征求康民意见,看还需要加些什么。

康民认真看了一遍菜单,然后说:"其实不用点这么多菜的,主要是老同学见见面,坐一坐,吃什么都不重要,不过既然点了就点了,只是让你太破费不应该。"

常军说:"别客气,我能够再见到你们几个老同学,想是缘分没尽呢,我高兴。"

康民说:"你现在都成老板了,我们当公务员的,自费可不敢这么请客,还是老同学你潇洒、畅快。"

常军笑眯眯地看着康民,不明白他说的是真是假。

两人正这么交谈着,张晓伟和程大明两个老同学到了。两位一进门便大声嚷:"常军,常军,常军老同学,我们想死你了!你来这边发展,怎么也不打个招呼呀?要不是康民碰上你,说不准哪天我们遇着了还认不出来呢!来,让我们好好瞧瞧,看老板长成了什么样了。"

常军从座椅上站起来,迎上去,两手分开,同时握住张晓伟和程大明伸过来的手,不住地摇,喜不自胜。

康民上来介绍说:"这是张晓伟,现在是县城建局副局长;这是程大明,是工商局副局长。看看还认得不?"

常军打量着两位,两人都是穿着随便,文化衫、大裤头、软拖鞋,都挺着个将军肚。但两人的大致轮廓还没变,常军细细地认,还能想得起来。于是大家免不了又回忆起高中生活,感慨时光飞逝,岁月不饶人。

没聊几句,张晓伟打电话给王光辉,说:"王常委呀,你怎么还不来呀?我们快喝醉了。"

约六点钟,王光辉终于到了。大家入席,王光辉坐主位,张晓伟和程大明分坐两旁,常军和康民坐在下位。

酒过三巡,王光辉便起身告辞,说:"我有事先走,你们慢用。"

王光辉离开没多久,张晓伟和程大明也拜拜了,说是约好了得去打气排球。

常军望着一大桌菜,心有些痛。他举起酒杯,对康民说:"老同学,他们没空,我们喝!"

康民仰头把酒喝干,说:"老同学,你叫你那帮兄弟过来吧,我们一起乐一乐。"

这一晚,常军喝醉了。

他不是被老同学康民灌醉的,是他手下那帮打工仔把他敬醉了。

一鼠顶三鸡

我爸还当生产队长那些年，村里来了七个插队知识青年。村上人管他们叫知青或插青。他们被分派到各家，晚上则分男女睡，男的睡仓库，女的睡在小学部。这些来自大城市的年轻人，有的戴着眼镜，有的不戴，都说普通话。我爸用半生不熟的普通话同他们交流，关心他们，安排他们工作。村上的光大哥，在小学教书，会说普通话，时常帮我爸，所以交流总算不成大障碍。这些年轻人也肯学，几个月下来，他们逐渐听懂了我们村的土话，慢慢地，也用土话和村上人交谈。

住到我家的是个女的，姓穆，说话声音很好听，人也勤快，常主动帮我妈做家务。我爸让我们叫她穆姐姐。她每次回城看望父母，返回时总是带些糖饼和小人书送给我和弟弟妹妹们。我爸我妈怕亏待她，时不时弄些我们认为好吃的给她，如糍粑、蒸米粉、南瓜粥等。

那时候穷。我们村虽属平原区，有田有地，种的是水稻、玉米、木薯、红薯、花生这些作物，粮食基本够吃，但因为要"割资本主义尾巴"，养殖业几近于无，换钱只能靠节省些粮食拿到市集上去卖。所以，一年到头，除了过年过节，我们几乎闻不到肉味。这些插队知识青年，十七八岁的年纪，正是长身体的时候，如果留在城里生活，有父母养着、疼着，正常成长，健康成长,不会成问题,但来在我们村,就成了问题。所以,我爸从不安排他们干苦活、重活,他们要是请假上街去购物,我爸都准许。因为他们上街一定会吃到有肉的米粉,增加肚里的油水。

如何让这些年轻人吃上肉,我爸毫无办法。

机会和思路来自一次发大水。

这年七月,我们这里洪水暴发,村后和左右三面都被淹了,汪洋一片,只露出较高的畲岭。水势稳定并有所减退后,我爸叫来生产队会计,要去畲岭捉蛇捉老鼠。一片大水,怎么游过去?生产队有两口大大的铁锅,听说是办大食堂时期留下的,早废弃了,就存放在生产队仓库里。我爸让人把它们扛出来搁到水面上,用它们当船,渡水去畲岭。

我爸和会计各坐一口锅,拿扁担做桨,向最近的一个畲岭划去。到了畲岭,他们把铁锅拖上岸,便提起木棍去寻蛇和老鼠。蛇没有寻到,老鼠可真不少,它们都躲在堆放的玉米秸秆里,一翻开秸秆,它们就四处逃散。它们尽管逃,但无法逃掉,因为四周都是水。我爸他们见着老鼠就打,无论大小,打完后,挑选大只的,丢到水桶里,回来时装了大半桶,足有二三十只。

我爸叫光大哥几个人过来帮手。他们把老鼠埋进石灰里,让石灰粉渗入老鼠的皮毛,然后把鼠毛去干净,再用清水洗了,开膛破肚,把老鼠的内脏全扔掉,把鼠头、鼠尾和四爪也扔掉,剩下的连皮带骨砍成碎块。之后,是爆炒再焖。没多大工夫,满满两大盆香喷喷的老鼠肉便端上了桌。

这个时候,七名知青也被请到了。他们听说是吃老鼠肉,很是惊讶,都不敢吃,筷子只搛其他配菜。

我爸动员他们,说这是正宗的野味,一鼠顶三鸡,比鸡肉还滋补,平时也难得吃到,不要怕,放心大胆吃。

经我爸几个人轮番鼓动,他们终于不怕了,尤其是那四个男的，连连撷起老鼠肉吃得津津有味。到后来，他们还嫌不够爽，到我叔开的小卖部买来米酒，一醉方休。

从此，这些知青对老鼠肉视如珍宝。他们见老鼠就抓，或炒或煎或烤，还吃出了新花样。他们更喜欢田鼠，干净而肥硕。在秋冬时节，稻谷收割了，他们到田野去寻，见了鼠洞不是用烟熏，就是用水灌，要么浓烟滚滚，要么三两桶水灌下去，田鼠哪里还憋得住，被迫从洞口爬出来，大概还来不及睁开眼就被擒住了。

几年后，这些知青通过招工或升学相继回了城，渐渐也都失去了联系。

可是，这个世界，说大也大，说小也小。

我儿子大学毕业后入职省城一家科研单位，他处室一位领导的母亲竟然就是穆姐姐。这是我儿子应邀到他家做客时聊天得知的。儿子高兴得当即打我手机，穆姐姐亲自跟我通话，问我们村情况，问我爸情况。我爸快九十岁了，穆姐姐决定在我爸生日那天来为我爸祝寿，顺便看看村里的发展变化。

我把这好消息告诉我爸，我爸转身吩咐我弟，说要找几只大老鼠，最好是田鼠，届时整个鼠肉焖黄豆。

我弟为难，说现在农药用多了，虫子死了，麻雀少了，老鼠也难得一见，如何去找？

我爸要求一定要找到。

他说，这叫忆苦思甜——不对，叫忆甜思甜！

装　傻

我没有见过我的爷爷，因为早在我出生前他就辞世了。但我特别崇拜我爷爷，因为我爷爷会武功，刀、棍、耙头等舞得密不透风，四五个人围攻都赢不了我爷爷。我爷爷的鹰爪拳和铁砂掌同样厉害，被我爷爷一拳击中或者一掌拍中，不死也骨断。所以我爷爷当时在四邻八村很有威名。当然，我所说的这些都是听来的。我家每年清明上坟扫墓，扫到我爷爷的坟头时，我爸爸总爱讲一讲我爷爷生前那些威风的故事。可今年我爸爸讲的，我却觉得完全变了味，我爷爷一点也不威风了。

我爸爸站在旁边，吸着烟卷，指点我们给爷爷的坟拔草培土。我们要求他再讲爷爷的一个故事，但不能重复，要讲新的。

我爸爸吸了几口烟，说："好吧，我今天就讲个新的。"

那是在1942年，侵略我们国家的日本鬼子来到了我们这里，这些恶魔到处烧杀抢掠，疯狂"扫荡"。那时候，老百姓一听说鬼子来了都害怕，"走日本"（意即逃难）成为最紧要的事，一有风吹草动就会躲到野外的树林里去，来不及逃走的也会急急忙忙找个地方隐藏起来。

有一天，四个日本鬼子向我们村游荡过来，村上人一个个慌慌张张躲到了村外。但爷爷、奶奶没有走，因为奶奶有了身孕，还不小心扭伤了脚，走不动。爷爷就拿了把尖刀藏在身上，守着奶奶，想着要是鬼子敢动奶奶就和他们拼了。奶奶叫爷爷不要乱来，说人家有枪。

眼看鬼子就要进村了，爷爷急中生智，用牛粪和草木灰把奶奶弄脏，他自己也把破烂衣服揉进粪堆，再穿到身上，臭烘烘的。

随着一阵踢踢踏踏的脚步声，四个日本鬼子跑到我们家院子来了。一进院门，他们见院里静悄悄的，还有一股霉臭味，转身欲走，却忽然发现墙角里有只母鸡正带着一群小鸡崽在觅食，于是高兴得呀呀叫着扑向母鸡。母鸡见状，也不示弱，发疯般又飞又跳，迎着鬼子啄。鸡崽们吓得叽叽叫，四处乱跑。

因为担心鬼子随鸡崽撵进屋里来，爷爷主动走了出去。鬼子见到屋里居然走出个蓬头垢面的男人，立即站定，端起枪指向爷爷。爷爷对着他们傻笑，指着鸡，喉咙发出啊啊的声音，显出很快乐的样子。

鬼子见他这个样子，放心了，又专注去捉鸡。爷爷也加入进去假装帮他们，还捉到了一只小鸡，傻乎乎地捧给鬼子。鬼子不要，他们想要的是母鸡。爷爷心知肚明，故意追着母鸡撵，想把母鸡撵出院门去。可是，鬼子堵住了大门，母鸡最终还是被他们抓住了。

抓到了母鸡，鬼子才发觉爷爷臭不可闻。他们拨开爷爷，往里屋搜索，看见奶奶躺在床上，身上盖着脏兮兮的破被子。他们用刺刀撩开被子，见到奶奶身上也是脏兮兮的，便掩着鼻子转身走出了屋。

爷爷装得木头木脑的，像是看热闹一般，跟在鬼子身后。鬼子离开我们家时，有一个还冲爷爷竖起了大拇指。

其实，鬼子进到奶奶房间时，爷爷已高度紧张，随时准备反击。见到鬼子没有伤害奶奶，他才继续装疯卖傻。

鬼子得意扬扬地走出院门，爷爷还不放心，眼睛盯着他们走。没想到奇异的事情发生了。那个把抓到的母鸡抱在胸前的矮个子鬼子踢到了路边的小石头，身子跟跄了一下，险些跌倒。就在这时，我们家的母鸡趁鬼子松手，奋力扑棱翅膀，一嘴啄到了鬼子的右眼。鬼子疼得大喊一声，双手捂住眼睛跌坐在地上。我们家的母鸡聪明得很，迅速逃脱，钻进旁边的树丛去了。鬼子鸡飞蛋打，不但没捞到什么好处，还不得不赶紧把受伤的同伴送回去治疗。

听完这个故事，我们很失望，觉得爷爷连那只母鸡都不如。爷爷武功那么高，为什么不杀掉那四个鬼子呢？要是趁他们不注意，三拳两脚干掉他们不是更好？

爸爸说："按能力，爷爷除掉那四个鬼子一点也不难，但你们想过没有？要是杀了那四个鬼子，肯定会引来更多鬼子的报复，那样，恐怕全村人都得遭殃，爷爷和奶奶也躲不了。这是爷爷的智慧，大智慧，知道不？"

但我们还是觉得不过瘾，见敌人都不杀，枉费了爷爷的一世威名。那真是个傻爷爷。

"你们懂个屁！爷爷傻？你们才傻！要不是那样，爷爷奶奶可能早都没了，连我也不会有，还会有你们？懂不懂？好好干活，不得偷懒！"爸爸生气了，大声斥责我们。

背 推

芸芸众生，什么人都有，有的还很讨厌。下面讲个小时候听来的故事——

陈英秋的大舅是个石匠，主要凿制石磨卖。

石磨现在很少见了，以前，许多人家可少不得它。石磨分上下两部分，上面的磨装有把手，磨米粉时用来推转石磨。石磨有大有小：大的要配装长木钩，吊在屋内横梁下面，由一个人或者两个人来推；小的一个人就可以操作，左手放米，右手推磨，用来磨米浆做糍粑做米粉。

陈英秋读书不上心，贪玩，勉强小学毕业。父母心疼他，不让他干苦的累的活。等到学会了骑自行车，陈英秋再也闲不住，就常跑去看他大舅。但不算是拜师学艺，说是去帮忙或者玩耍也许更准确。

陈英秋大舅凿制石磨，偶尔会拿到集市上去摆卖，去展示，但更多的时候是在家坐等买主上门定制，然后送货上门或者由买主自己来取。

陈英秋能帮到大舅的，主要是送货。

有一天，在陈英秋去往大舅家的路上，有个人叫住了他，问他是不是杨天宝的外甥。陈英秋说："是呀，你问这干什么？"那人高兴地说："我在你舅舅家见过你。这样吧，我正想去你舅舅家，现在就不用去了，你替我告诉你舅舅，帮我做对小石磨，磨米浆的那种，价钱就按老规矩，做好了送到我们村给我。我是大塘村的，姓黎，叫黎背推，你送石磨到大塘村，问谁是'背推哥'，家门在哪儿，人人都知道。"陈英秋听说有生意做，就信以为真了，立马答应帮那人转告他大舅，还说他大舅家有现货，要是急用，今天就可以送过去。那人说："好啊，太好了，我下午在家等你。"陈英秋没有花花肠子，也不知道问那人先要些订金。

陈英秋到了大舅家，跟大舅说了这事，大舅也没有多想，就让他赶紧送货。

陈英秋把小石磨绑上自行车，朝十多公里外的大塘村赶去。到了大塘村，他把自行车锁在村头，然后扛起石磨就去找"背推哥"。

大塘村是个大村，有三四百户人家，陈英秋肩扛着石磨，从村东走到村西，从村南走到村北，大街小巷，曲曲弯弯，问谁都不知道"背推哥"住哪儿，问谁叫黎背推，也都说不知道。他没办法，只有继续找。

陈英秋不知道他是被歹人耍了，老老实实扛着石磨，一边走来走去，一边喊："背推——背推哥——"

一群小孩子不近不远跟在他后面，偷偷地笑。

大塘村那地方，把石磨叫作推。

失 判

　　我有个朋友是业余通讯员，他有什么事都爱跟我说，特别是在采访中遇到的事，好事或者怪事，他都要问问我，该如何去写，主题立意怎样定。我不是好为人师，但朋友这么谦虚，我也高兴，很多时候，我甚至不厌其烦地同他探讨问题。我这样做，主要是想从他那里多知道些奇闻逸事，以满足我的好奇心。

　　最近，他又跟我讲了件事。这件事，让他犯了难，也让我对是非善恶失了判。

　　这件事其实也寻常，只是发生在同一个人身上，而且是在一星期内发生的，所以就特殊了些。

　　朋友说，我们这里有一个机关干部，在星期一去上班的途中，骑摩托车路过大桥时，听到有人落水的呼救声，便立即停了车，连衣服也来不及脱，就从十来米高的桥上跳下河去，把那落水的小孩救了上来。我这朋友闻讯去采访了这位干部，因这干部不善言辞，或者是不愿意多说，我朋友挖不到多少闪光点，没能从舍己救人、见义勇为、学雷锋等这些方面去落笔，最后只好从人性善这方面去考虑，写了篇题目叫《源于爱心的义举》的通讯稿。想不到，这篇稿子见报后，反响出乎意料地好。这位干部被人们视为天生的好人，热议纷纷。他们单位还特别开了表彰会，给他颁了奖。听说，上级部门正在准备树这位干部为先进典型，号召大家向他学习。但是，就在这个时候，这位干部又做了件与之前判若两人的事，让人们很难接受。

我朋友说，也是在这个星期，星期六，这位机关干部晚上出门散步。散步的地方，就在城区的大道旁。这里，道路笔直，晚上来这儿散步的人很多。由于平时晚上要加班或者有应酬，这位干部很少能够出来散步，这个周末他终于有空出来了。灯光明亮，凉风习习，这位干部感到非常惬意。忽然，有两辆摩托车从他身后狂飙而来，引擎声雷鸣一般，车未到，声音先到，吓得行人慌乱躲闪，如惊弓之鸟。这位干部回头一看，见是两个小青年，头盔也不戴，并驾齐驱，争先恐后地飞奔而来，又飞奔而去，全不顾及别人的惊慌，也不在意自己的安全。最终，令人担心的事还是发生了。就在这两个小青年再次飞奔回来的时候，在急转弯处，砰的一声，两车相撞了。两个"英勇"的骑手迅即搅在一起，连车带人，拖着，滚着，触到了路沿上才停了下来，一动不动了。这个突发事故就近在这位干部的眼前。他先是被惊吓住了，然后便继续散他的步，如同没有碰到什么事一样，置之不理。这时，刚好有一辆皮卡车尾随而来，司机见发生了事故，当即停了车，下来一看，是伤着了人，便要抢救，同时招呼这位干部过来帮忙把人抬上车，但这位干部充耳不闻，继续散他的步。后来，其他行人围过来，合力把伤者抬上车送到了医院。据医生说，这两个小青年，一个断了大腿、肋骨，另一个断了双臂，撞成了脑出血。又说，如果再迟来五分钟，那个撞破头的就活不成了。这位机关干部为什么这次见死不救呢？第二天就有好事者将他的姓名和散步的照片挂到了网上。很快，这位干部又成了人们热议的对象，人们把他批判得体无完肤，说前两天写他的那篇报道简直是胡扯。据说，上级部门原本做出向这位干部学习的决定也即刻取消了。

我这朋友怀着满腹疑问，不合时宜地又去采访这位干部。这位干部抱着对网络深恶痛绝的成见，愤愤地说："有哪条法律规定我一定要救人？再说，这两个青年人值得救吗？人家那个小孩，是不想死，是失足掉河里，所以我救他；这两个是想死，把车开得像飞一样，不是找死是什么？迟早要出事，让他们死好了，死了干净，免得伤害到别人！"

我朋友无言以对，草草结束了采访，然后，将这事告诉了我，问我怎么看。

我怎么看呢？我也不知道。

受训记

头儿发话,要我务必尽快把白石光找到。

白石光这狗鸟,这两年来越发神龙见首不见尾了。你根本不知道他哪时在家,打他手机老是关机。他老婆提前退休到北京随了女儿,怎么联系只有天知道。白石光在位的时候还是蛮积极的,退居二线挂了个主任科员后整个人就变了,上班爱来不来,来了也坐不住,所以,单位干脆睁只眼闭只眼,随他的便,不来上班更好,眼不见心不烦。可是,现在不行了,上上下下都在开展机关工作作风大整顿,全面治理"庸懒散奢",特别对尸位素餐、吃空饷的"白领"零容忍,坚决予以纠正,甚至除名。这回是动真格的,哪个单位整治不力、不出成效,唯单位主要领导是问。你说头儿能不急吗?

我像守株待兔一样,在白石光家楼下守了三个中午四个晚上才守来了白石光这狗鸟。我之所以把白石光叫作狗鸟,是因为我太恼火了。他以前是我的领导,也是我的酒肉朋友,但他就是不提拔我,说我喝酒行当领导不行。这我也没有怨过他,我不当领导更省心。只是这狗鸟退居二线以后,我不但没喝过他的酒,连他的烟也抽不上一根了。为什么?就因为我根本见不到他。据说,他做了一家工厂的营销顾问,还同别人合伙在南宁开了一个饭店,也有人说他跑到北京享清福去了,不知是真是假。反正,就是很难见到他了。你叫我怎么找?头儿说:"我不管,你不找,谁去找?"

没办法,谁叫我当着办公室主任呢!

白石光是在晚上九点多钟的时候露面的。这狗鸟,开着一辆SUV,车门刚打开,狗腿才伸出来,就被我抓住了。

我说:"老领导好!总算见到你了!"

白石光看到是我,乐了,说:"你小子来得正好,帮我提点东西上楼。"

我左手拎着一盒精装茶,右手提着一箱牛肉罐头,跟在白石光屁股后面上楼。进了门,他又叫我拿电热壶烧开水,他则到卫生间打开电热水器。他说要先洗个澡,然后再和我干两杯。我问他:"没吃晚饭吗?"他说:"吃了。现在是喝酒,好久不见你了,不干两杯,你来干吗?"我想趁机说事,他嘴却没停,让我把两瓶罐头开了,放到微波炉里热一下。"酒在橱柜里,喝哪种,你自己选。"他进了卧室还在吩咐我,之后,他拿着换洗的衣服,去了卫生间。

待白石光再从卫生间出来,我已把一切准备停当。他穿着睡衣睡裤,用电吹风吹干了头发,便过来同我并排坐在沙发上。我打开一瓶牛栏山二锅头,刚倒满杯,他便端起来和我碰,问:"怎样?来找我有事吗?"

我先把酒干了,才说明来意,最后还加重语气告诉他,从明天起他必须回去上班,否则,要按《公务员法》处理,辞退!

听了我的话,他像猫看老鼠一样看着我,然后是皮笑肉不笑或者叫死皮赖脸地笑,说:"小子,才当个办公室主任就敢来吓唬老子?"

我说:"这是真的,我哪敢吓唬老哥!我这是为老领导好,是给你通风报信,请你明天就回去上班吧!"

白石光把一块牛肉搛进嘴里,问我:"一堆人在那里无事可干,去数脚毛呀?"

我说:"这是要求,没事干也要去待着!"

"依我看哪,我们许多单位都不需要那么多人,白拿工资,浪费国家钱财!"白石光又同我碰杯,愤愤地说。

我说:"没有那么多人能行吗?有时候还忙得够呛,人都不够分的。"

白石光说:"那是有突击任务。其实,这也有办法,可以临时请些人嘛,平时不必养那么多人的,忙的时候可以请请劳务,现在社会化服务五花八门,用不了多少钱的。这为国家节约多少?大家算过没有?"

"可是——"我说,"有些工作专业性很强,社会化服务是搞不定的,搞了也不放心!"

白石光沉吟一下,说:"你说的也有道理,不过,实事求是吧,单位里人那么多,多我一个不多,少我一个不少,这几年不都这样过来的吗?"

我说:"现在形势不同了,你是老领导,更要以身作则。"

白石光说:"我都'老'了,还要作什么则?老哥现在是'谦虚'也不'进步'了,'骄傲'还能'落后'到哪里去?"

这狗鸟!大概心里还是在闹意见。想当初,他才五十岁,就被一刀切划入了另册,不任实职了,挂了"主任科员"的闲职,于是私底下曾嘀咕:"咱这年纪,要是在中央,拎包都还嫌小,在这儿就老了,什么是年富力强啊?狗屁!"

我劝他:"老哥,你毕竟领着工资呀,还是回去上班吧!"

白石光睨我一眼,说:"老弟,曾经沧海难为水!老实说,我现在已不习惯去上那种班了!有什么意思?你觉得有吗?一年到头忙来忙去,最后却不知道做了什么!就像你这个主任,屁颠屁颠没有哪天消停过。其实，有些事根本不用做，瞎折腾，既花人力、物力，又浪费财力。所以，我劝你，还是趁早清醒，不当那个主任了，跟我去干，兴许还能多赚几个钱。"

我无语。

他又说："你也老大不小了，怕什么？图那种虚名干什么？"

我说："老哥，我说不过你，话我可带到了，回不回去上班你自己掂量掂量，要是真被开除了，你可不能怪老弟不早通气。我该回去了，祝你晚安！"

白石光看着我站起来走向门口，一言不发。

你炒股了吗

当今社会,似乎只有一个"钱"字了得。

这也无可厚非。谁不爱钱呢?

但,钱从哪里来?

一个久未谋面的朋友,见了面,开口就问:"你炒股了吗?"我看着他,送他一个模棱两可的笑,不置可否。

朋友也不等我回答,便自顾自地骂:"他娘的,又被套住了!这年月,真他妈的,人算不如天算哪!"

朋友的根底我知道。

早在二十多年前,我还不晓得股票为何物时,他已是股市里的神秘嘉宾了。赚了些银子,他干脆辞了公职,下海了。他去贩矿石,后来又搞建筑,再后来我就弄不明白他具体倒腾些什么了。反正,在我眼里,他就是挺能的。那些年,我们的工资低得都不好意思说出口,上街买青菜还要讨价还价的,他可就票子、房子、车子、妻子、孩子"五子登科"了,出手也很是大方,让我们这些不敢下海也无从下海的酒肉朋友只有在仰慕中徒生羡鱼情。

现如今,他应该是兼而顾之,又重操旧业了。

都说现在是大众创业,全民炒股,想发财都想到一块儿了。想想也是,要发财,要轻松,有哪种门路比炒股更美妙呢?不用办工厂，不用种田地，不用找人帮，不用汗流浃背，自己一个人，坐在家里，坐在办公室里，鼠标轻轻一点，就钱去钱来，发了！

说得轻巧！

其实，炒股是最惊心动魄的事情。心脏不好的，你千万别去干。那些变动的K线，那些跳动的数字，就怕你受不了，它们可不总是如你所愿，甚至十年八年都不听你的话！你要急着用钱怎么办？你是借资投进去的怎么办？你骂娘，你跳楼，都不管用的！所以，在炒股之前，你得心脏足够好，心态足够稳。你不能只想到赢，还要想到输，甚至要想到血本无归。因为，股市不是你家开的，你根本掌控不了它，摸不准它的明天和后天。证券公司和证监会也都说了：股市有风险，投资需谨慎。你要听。不要相信那些所谓行家的话，如果他真的能够预知哪个股要跌哪个股会涨，请他自己买好了。这世界上，没有谁不想自己先发财的。

退了休的老大妈见了我总问：最近哪个股可以买？我知道她早年买基金赚了一小把，之后看上了股票，不过，没赚。被套了三年，后来平本出来，再不敢轻易乱投乱买了，但还是念兹在兹，总希望手中的人民币能够多生几颗金蛋蛋。

我不敢随便对她说哪个股势好，可以买。因为，我自己都没法相信自己。我望着她那瘦小的身体，再一次告诫她：千万不要把吃饭的钱拿去炒股，也千万不要把钱都投进去。

我担心老大妈被套进去受不了，但我又保不准我的话她能听。

这年代，这股票，的确蛮吸引人的。

想到这里，我对朋友说："我也被套了，不过，没关系，我投得不多。"

我想我这位财大气粗的朋友，会比我更加沉得住气。我对他说了句很诗意、很励志的话:"冬天来了,春天还会远吗?"

他笑笑,说:"那我们就张开双臂,迎接美好的春天吧!"

多好的股民啊!挫而不馁,信心满满!

有信心的不止我这朋友,我的手机刚好收到了一条微信,你听——

五千点的风和雨啊,藏了多少梦,黄色的脸惊恐的眼,没有了笑容。八千点美丽梦幻,像是一首歌。不论你来自何方,将去向何处,一样套牢,一样地痛。曾经的苦难,我们留在心中。一样割肉,一样地补。未来还有梦,我们一起开拓。手牵着手不分你我,昂首向前冲,让世界知道我们都是炒股人!

这是什么歌来着?

不说也罢。这网友太有才了,把歌词改得都快成篡改了,也不怕人家告他,想必也是个股民,一个死心塌地的受苦受难的铁杆股民!

看来呀,咱们这支追梦的队伍还真不小哇!

嘿嘿,你炒股了吗?

遇见捕蛇者

秋日,周末,在翠竹路遇见一个四十五六岁的男子。其时,他正手抓一把小砍刀在路旁的灌木丛里仔细搜寻着什么。

我好奇,于是停下脚步观看。只见他双脚探进灌木丛中,低头弯腰,左手即刻抓起一条灰黑色的蛇,蛇有竹笛般大小,并不扭动。他走到路边人行道上,把蛇按在地上,蛇昂起头,吐出芯子,颈部扁扁的。这是吹风蛇,毒蛇。我一看便知。可男子一点也不慌张,他左手按住蛇,右手拿小砍刀压住蛇颈部,再腾出左手捉住蛇头,然后把蛇放进布袋,扎紧袋口。

我显然遇见了专业的捕蛇者。

我越发好奇,便和他搭讪并聊了起来。

我说:"你懂得蛇路?"

"当然懂得,这里有三条蛇。"

"你能把它们引出来?"

"我有药,撒一点,蛇就会跑出来。"

"它不出来怎么办?"

"必须出,只要两三分钟,不出来它受不了。"

"你被蛇咬过吗?"

他伸出右手掌给我看,他右手中指只剩下短短的根部。他说:"这就是被蛇咬的,留不住,截了。"

他说，他爷爷还被截去了右手，他家几代人都捉蛇，被蛇咬伤是常事。他现在捉蛇，不是拿去卖，是留来养，卖蛇毒。一克蛇毒，可卖到三四千块钱。

这个地方太靠近城市，有毒的蛇确实危险。我问他能不能把蛇都引出来。

他从口袋里拿出一个笔杆一般粗的小瓶子，有半截香烟那么长，里面装着紫黑色的药粉。他说，撒一点这药粉，蛇就会跑出来。

我说："你捉蛇最好穿厚厚的鞋和衣裤，还要戴手套。"

他说："蛇，你不动它，它不会随便伤人。"

他说着，便去寻找第二条蛇。

他走入灌木丛，在一处草木较浓密处，轻轻撒了一点药，那药像气雾一般，若有若无。

我还没有看仔细，他说抓到了。

我说："小心，别被咬了。"

他说："被咬了。"

他快步走到路边，蹲下来，把蛇和手放低至地面，招呼我帮他拿出工具袋里的矿泉水，让我用矿泉水淋向蛇头，随后他把蛇放进蛇袋，又扎紧袋口。

他说："淋了水，蛇才松口。"

收完了蛇，他又请我帮他从工具袋里拿出一个军用水壶，打开。他抓过去，喝了一点点。

我问："这是蛇药？"

他点头，说是药酒。

他有这个，我就不担心了。毕竟是捕蛇世家。

喝了药酒，他伸出被蛇咬伤的右手让我看。好家伙！只见三道红色的线正从手掌往手臂上延伸，将要延伸到手肘了！

他找出餐巾纸，往纸上倒了点酒，把纸按在了右手食指被蛇咬伤处，又请我帮忙找出医用胶带，扯开了，缠到手指上，绕了两圈，把浸了药酒的纸巾贴牢在伤口上。

过了一分多钟，他再伸手让我看，我看到那三道红线已经往回收缩了。他说，没有这个药，他就死了。

他告诉我，遇到被毒蛇咬，不要跑，越跑蛇毒入侵得越快。如果临时没有药，也要坐下来，赶紧拿绳子勒紧手臂，堵住蛇毒，再设法赶快去医院。蛇毒进到肝脏，就难救了。

被蛇咬伤了，剩下那条蛇，他就不抓了。

他再次感谢我救了他的命。他说我是好心人，幸好有我在旁边帮他。

我说碰到这样的事谁都会帮的。

他说有些人就不肯帮，见他被蛇咬，就跑了，怕出事惹麻烦。

我说他有这祖传的特效药是不怕的。

他说我真的是好心人，要把这药酒的秘方送给我。

他说他有笔，要我找张纸来记，一共九味药，用十斤六十度以上的高度酒来泡，把酒缸埋在地下，两年后可用来治毒蛇咬伤，五年后可用来治病，治各种病。

我没有找到纸。

他急中生智，拿了一张餐巾纸，让我贴在手机屏幕上，他念，我记。

给了我药方，他带上蛇袋、工具袋，推起电动车，和我告别。

我见他那电动车破旧，问他还能不能骑车。

他说没事，很快就会到家。

那就好！我挥挥手。

但愿他没事——真的没事。

麻雀，麻雀

乔乔放午学回到家，一放下沉重的书包，顾不上擦拭额头上、鼻尖上的汗珠，就跑进自己的卧室，趴在书桌上往窗外看。他在寻找那只麻雀。

乔乔的家在五楼，楼前面是街道，楼后面是一小片四季常青的树林，有天桃树，有杧果树，也有鸭脚树。乔乔的卧室就挨着这些树，有几株天桃树的树冠差不多要平齐到乔乔卧室的窗口了。从这些树顶望过去，还可以看到一方池塘和一座小青山，池塘上空横过一行高压电线。乔乔很喜欢这个住所，尤其喜欢看窗前这些风景。天晴的时候，下雨的时候，都好看，有时电线上落着一行燕子，有时树上飞来几只头顶像戴着帽子的什么鸟。乔乔看着这些燕子和戴帽的鸟轻快地飞来飞去，随心所欲地飞来飞去，很是羡慕。他特别喜欢那只麻雀。

那天，乔乔正在窗前写作业，忽然有一只小麻雀飞到他的窗口，落在了栅栏上，时而抖动着翅膀，发出鸡啄米一样的声音。乔乔原本有些倦了，看见这只麻雀顿时来了精神。这是只灰色的麻雀，灰黑的嘴，灰红的脚，灰白的胸脯，灰黄的头和背，背上还有黑色的花点，眼睛水灵灵的。乔乔欣赏地盯着这只麻雀看，这只麻雀也像是欣赏地盯着乔乔看，乔乔不由得伸出手去，想摸一摸这只麻雀，这只麻雀却闪身飞走了，落到了窗前的树枝上。

第二天，也是乔乔放午学回家做作业的时候，那只麻雀又飞来了。乔乔这回没有去摸它，而是从客厅端来了一个小果盘，果盘里还剩有两片西瓜。乔乔轻轻拉开一扇纱窗，把果盘搁到窗台外面防护栅栏的底座上。可是，乔乔开窗的时候，麻雀又飞走了，落到树上还啾啾地叫了几声。那叫声，在乔乔听起来就像是喊"乔乔""乔乔"，让乔乔喜欢得不得了。乔乔把果盘搁到外面后，向那只麻雀招招手，像招呼朋友一样。那麻雀在树叶间跳来跳去，很顽皮的样子，仿佛是在跳舞给乔乔看。乔乔想了想，又跑出去，抓来一把米，盛来一小碗水，放到果盘里。过了一会儿，那只麻雀果真又飞了回来。它躲躲闪闪地，退退进进地，逐步靠向果盘。乔乔友好地往后退，远离麻雀。他要让麻雀放心地吃，表示他不会抓它。果然，麻雀跳到果盘上，欢快地啄起米和水来，还不时抬起头来看看乔乔，像是感谢乔乔，又像是怕乔乔过去抓它。乔乔向着麻雀笑，微笑。麻雀吃好了，扑棱棱飞走了，嘴里还"乔乔"地叫了一声。

一连几天，乔乔一放午学回到家，就希望看到那只小麻雀。有时候能看到，有时候看不到。看到的时候，乔乔就用果盘装了米和水给麻雀吃，那麻雀吃了东西，就一会儿飞到树上，一会儿又飞回到窗口，像是要飞给乔乔看，还"乔乔"地叫。有次，乔乔伸出小手，托了一颗糖给它，那只麻雀大胆地落到了乔乔的手腕上，乔乔感到痒痒的，舒服极了。

从此，乔乔每次中午写作业的时候都希望看到那只小麻雀，尤其是写困了的时候，看到那只小麻雀在飞，在跳，在吃，在向他眨眼睛，乔乔就觉得它特别可爱，困乏顿时消失了。乔乔感到这样的中午，是他最快乐的时间。乔乔不知道小麻雀的家在哪里，它爱来就来，爱飞就飞，自由自在的，世界广广阔阔，乔乔真想变成小麻雀，能够飞来飞去。

乔乔正在上小学，课多，老师布置的作业也多。晚上妈妈不是带他去学钢琴，就是送他去学书法，周末还要去补习英语。妈妈说，小孩子就是要多学习，贪玩不是好孩子，更不是好学生。爸爸没说什么，但总是忙，顾不上他。爸爸在家的时候，会摸着他的头笑。爸爸特别爱看电视上的足球赛，中国队若是输了，爸爸必定捶胸顿足，还要说上一句：那么大的一个国家，怎么就培养不出几个能踢球的呢？悲哀哟！乔乔觉得和爸爸在一起，没那么累。但是爸爸经常不在家。乔乔更多的时候，是和妈妈在一起。妈妈爱乔乔，但乔乔感到妈妈的爱，跟爸爸的爱不一样。比如，那天中午，乔乔一边写作业，一边喂那只小麻雀，妈妈回来了，二话没说，就把那只小麻雀赶走了，还没收了果盘，斥责乔乔没专心做作业。乔乔想，爸爸肯定不会这样。也真奇怪，自从那天妈妈粗暴地赶走小麻雀以后，那只小麻雀就不来看乔乔、陪乔乔了。所以，这些天的中午，乔乔一放学回到家，就急急忙忙跑来寻找那只小麻雀。

可是，已经好几天看不到那只小麻雀了。乔乔晚上做了个梦，他在梦里看见了那只小麻雀，于是高兴地喊："麻雀，麻雀！"

第三辑

长　脸

　　泰安村的老人夸后生仔有本事不说有本事,说"长脸"。"长"念"生长"的"长",不念"长江"的"长"。这个词算是泰安村的方言俚语吧,大概的意思是说增光添彩,给人面子,而且是动态的,不是静止的。这个词在泰安村大人小孩都听得懂,也都想听,但不是随便就能说出来,随便就能听得到的,被说的人得有真本事。

　　泰安村村子不大,就四五十户人家。全村一窝子人同祖同族同一个姓,如同一棵千年老树伸出来的枝枝丫丫,辈分有高有低,年岁大的把年轻的唤作小叔也没谁觉得奇怪,相反还显得知书达礼,谦谦有君子之风。

　　泰安村建于哪朝哪代,没有确切记载,所以没有谁能够说出个准确年月,照着村口那棵老榕树去推测,说有一百年或两百年历史也不能说是随便乱说。

　　多少年了,泰安村人一直和睦相处,也都关心集体。哪家哪户孩子有出息,不是看谁当了多大的官、有了多少钱,而是看谁为村里做了什么好事。做了,那叫"长脸";没有做的,家长都觉得没面子。

　　金叔现在就遇到了这样的事,心里总舒展不开。

　　金叔大儿子阿全争气,考上了大学,毕业后分配在市文化艺术馆工作，住到城里，结婚生子，一晃就过了二十几年。大儿子自己过得可以，就是不曾帮村里做过哪件"长脸"的事。

上屋家的阿八，当了县里的交通局局长，借着乡道改扩建大会战的机会，把村边原先曲曲弯弯的泥土路改直了，修成了一条平平坦坦的水泥路，还架了座稳稳当当的拱桥。村西头那个阿三，在市里某中学当副校长，把全村能读书的娃子几乎都拢到那里去了。就连那个早早辍学出去打工的肥五，现在也开了家皮制品厂，不但招了村里人去做工，去年还捐款给村里建了个灯光球场。这些个青年仔，村里人说起来谁不伸出大拇指。他们的父母腰杆挺得，那真叫个直！

人家长脸哪！

转眼，又要到春节了。金叔就思谋开了。

春节是村里一年到头最热闹的时候，外出打工的年轻人都赶回来了，全村没有哪家哪户不喜气洋洋的。

金叔自斟自饮了几杯小酒，然后摸过旁边的电话，给大儿子阿全拨了号。

"全哎，今个春节，你提前回来三两天。"

"有啥事，爸？"

"没有。你多带些红纸回来，还有笔、墨。"

"干吗？"

"不干吗，我叫你带你就带，还有那个烫金的红本本。"

"哪个红本本？"

"就是那个，那个写字的，书什么家那个。"

"带那干吗？"

"不干吗，你带回来就是了。"

大年三十前一天，阿全告了假，带着爱人和儿子回到村里来了，同时带回了纸、笔、墨和那本国家级书法大赛的大红获奖证书。

　　金叔高兴,当晚就宰了只肥鸡,把一大吊腊肉也炒了,呼来村里几位有名望的老人,包括阿八、阿三、肥五的老爸,喝开了。

　　大家问寒问暖打听阿全的工作,金叔拿出那本证书,说阿全一天到晚就知道舞文弄墨,加入了中国书法家协会,写的字还勉强。

　　一桌子人把阿全的证书摊在手上传过来传过去,仔细看了,都啧啧称赞,说阿全这后生是大名人哩。

　　阿三的爸忽然记起来什么了,说:"对了,老三那客厅里就挂有阿全的字。老三还说,阿全的字能卖钱,一张板凳大的纸,没几个字,就卖好几千!"

　　大家于是把目光都探向阿全。阿全忙说:"哪里哪里,都是讹传,都是讹传。"说着就端起酒杯敬酒。

　　第二天一早,金叔在家门口摆了张桌子,搁上块大木板,铺开纸、笔、墨,让阿全写对联。他自个则挨家挨户去吆喝,叫大家过来拿对联。

　　于是,这个春节,全村家家户户的大门口都贴起了红彤彤的春联,有黑墨写的,也有金粉写的,好不耀眼。

　　金叔没事就吧嗒吧嗒着烟卷,往村巷里走。人们遇上了就招呼:"金叔,有空啊!"

　　金叔笑眯眯的,满脸皱纹都舒展开了,回应说:"我到那边看看。"

秉　性

在孙强眼里，母亲一向勤劳俭朴，心地善良。所以，他成家之后，总想把母亲接出来，让老妈好好休息，不再奔波劳碌。

但母亲就是不肯来城里住。她说："强哎，你大姐、二姐虽然出嫁了，但你哥、你嫂有几处田地得种，忙不过来哩！再说，你侄儿、侄女都还小，妈哪离得开？"

孙强说："妈，又不是叫你来长住，这城里、村里都是你家吧？都不来看看我们哪？"

母亲看着孙强，噗的一声就笑了，说："我还是等你们有了孩子再去吧！"

母亲的话当真，孙强只有等。

然而，孙强这一等，就等了七八年。

原因都是客观的。

孙强孩子出生那年，大哥孙胜整了个养鸡场，大养其鸡，忙得终日屁股不沾凳，也没有雇请别人帮工，弄得父母双亲如同被绑架了似的都累进去了。再就是，孙强丈母娘心疼独生女儿，外孙还在肚里头时就搬过来侍候了。孙强家的住房才两室一厅，母亲若来了，她跟丈母娘两个连转身都难，所以孙强母亲只好尽量少来，来了也是没住几天就回。这样，孙强反倒觉得是害苦了母亲。好在，这城里到老家农村也不算很远，否则，他更会感到对不起母亲。

如今，外孙上幼儿园了，丈母娘松了一大口气，也巴望亲家母来换换手。丈母娘曾是广场舞的热衷者，这时候惦记起那些一起乐的姐妹来了，手脚痒痒的。

母亲来了，好！孙强高兴。但母亲却高兴不起来。

孙子送去了幼儿园，早出晚归。归来了，儿媳又要教这教那，恨不得孙子现在就成为科学家、歌唱家、作家什么的。母亲除了洗洗衣服、扫扫地，几乎无事可做，像个大闲人。

家里，母亲可是待不住了。于是，出门去逛。

这么一逛，没几天，逛出情况来了：母亲住的房间成了个难民窟，里面堆满了破纸箱、旧书报、破铜烂铁、空塑料瓶子之类的东西。

孙强媳妇见此，颇有意见，但不好明说，就晚上吹枕头风，叫孙强制止老妈这么干，赶紧把这些破东西搬出去，乌烟瘴气的，不卫生。

早上起来，吃了早餐，媳妇出门上班顺带送儿子去幼儿园。孙强留在后面，待母亲收拾完碗筷，严肃地对母亲说："妈，你拿那些东西回来干什么？"

母亲说："换钱呀。"

"这能值几个钱？你缺钱用吗？买菜的钱都放在这儿。"孙强指着电视机旁边的纸盒说，"要买别的什么你说声就是了。"

母亲说："这不关钱多钱少的事，我啥也不用买，都有了。"

"那你还去捡这些破烂干什么？"

母亲瞪眼看孙强，说："崽啊，妈不是常说吗，家有金山银山，不如一日进一文。能挣几个钱也是挣嘛。"

孙强换了脸色，笑笑，说："妈，我知道你闲不住。我就是想让你来好好休息，不要再忙这忙那。你要是闲得慌，就看看电视,要不,下楼去走走,找人聊聊——对了,这个小区里,有不少也是农村来的老太太,好像还有我们老家那一带的,我听到过她们说话,你出去走走,兴许就能碰上她们。"

母亲也笑,说:"你才知道?我早知道了!这些东西,我就是同她们去捡的,多了,我还让给她们。"

孙强叹了口气,说:"你们这些老人哪,什么都是宝,难怪了。这样吧,妈,你就不要去捡了。我和你儿媳妇都是干部,工资不是很高,但都旱涝保收,国家也养到老,你就不用忧那个心了。"

母亲说:"我是陪她们耍哩,顺便就捡了。"

孙强说:"妈,你知道吗?你这是抢人家饭碗呀,把捡东西的机会让给人家吧,也许她们家比我们困难一些。"

母亲沉吟一会儿,说:"我知道了。你这傻儿子!"

"傻就傻呗,傻人有傻福,这是你说过的!"孙强又是笑,接着交代母亲,"记得哦,把你这些宝贝搬下楼去,卖也好,送人也好,以后再不要去捡了。"

"知道了,你快去上班吧,不要迟到啰!"母亲催儿子出门。

孙强去上班后,母亲忙了大半天,把捡回来的废品全搬走了,房间收拾得干干净净。孙强和媳妇下班回来见了,没有不高兴的。媳妇觉得有些愧对家婆,于是连哄带骗拉着孙强母亲去逛超市,给老人买了身新衣服。这是她作为儿媳头一回对家婆实实在在的孝敬。

废品是不捡了,但孙强母亲还是天天下楼去,不到饿了不回来,有时,还回得比较晚。甚至有一两次,孙强和媳妇都下班回来了,她还没回家。

看着母亲高兴,孙强和媳妇猜想老妈是有伴儿了,忘记了时间——也好,免得闲出病来!

  一天,孙强外出办事路过一条街,远远望见母亲同一个老妇人走在一起。那人背有些驼,挑着担子,担子一头是折叠捆牢的纸箱子,另一头是个胀鼓鼓的塑料编织袋。母亲没有挑担,只提着个还有些瘪的塑料编织袋。孙强没有追上去,而是停下脚步,注视着两个老人沿街挨个门店往前走,直至拐进了一条小胡同,消失了。

  孙强微微一笑,心里叹道:"我的老妈啊!"

称　呼

李福有在街边看人下象棋。将到吃晚饭时间，他即起身回家。

他从乡下到城里来住了些日子，儿子李品正天天回家同他吃晚饭。儿媳卢爱珍手脚麻利，菜买得勤、炒得香，把家公孝敬得与亲爸没两样。这让李福有从里到外透着欢喜。只是孙子长大了，上大学去了另一个城市，儿子、儿媳白天都上班，他一个人在家闲得慌，只好出来到处逛逛。

"同志——"

走到立交桥拐弯处，李福有听到了一声久违的称呼，抬头四周望望，没有别的什么人，只有一个同龄男子站在他的身后，手拿个旧提包，满头灰发，正对着他谦恭地笑。

"同志，光华中路怎么走？"

"喏，过了桥底往左转，上了桥面就是光华路了，公交车搭一站就到。"李福有伸手指向立交桥底，热情地指路。

那人谢过了李福有，便迟疑地向立交桥底走去。李福有则跟在后面慢慢走。他儿子的家在右边，光明路，也需要穿过立交桥底。

这是他隔了不知多少年多少月才又一次听到"同志"这个称呼，心里有一种暖暖的感觉。这个称呼，以前是很普遍的，尤其是他这一代人,见到谁,只要不是"地富反坏右",都是以"同志"相称的。他猜想,这个人应该是个退休的干部或者工人,至少也是见过世面的农民。

他好奇地看向渐渐远去的那个人。只见那人在桥底那里又站定了,旁边的一个人好像在同他说话。那里路况比较复杂,交错纵横又弯曲,显然那人又在问路。

李福有加快步伐走过去。他心想:那个人还是不太相信他的话,或者根本就没来过这个地方。

李福有赶上了,那人对他咧嘴笑笑。

"老哥,来找人哪?"李福有主动搭讪。

"我来看女儿。村里有车拉货进城,我顺车来了,他们去卸货,让我下车,说光华路就在附近。"那人坦诚地说。

"你女儿住光华路中段?你是头一次来吗?"

"不是。只是隔了两年不来,路都生了。"

"难怪!这两年城里建了不少桥,这桥也是才建好的,路拐来拐去,是有些变了——来,我带你走一段吧。"李福有嘴里说着,脚已迈到前边了。

于是,两人一边走一边攀谈着,一见如故。

李福有回到家的时候,李品正和卢爱珍已成了热锅上的蚂蚁,正为找不到他着急。

李福有一进门,李品正劈头就问:"爸,你到底去哪儿那么久,手机也不带!"

李福有还在兴头上,说:"手机放在家里充电,你爸丢不了。"

卢爱珍说:"我们还以为你痴呆了,迷路了,不知道家在哪儿了,正准备报警呢!"

李福有不高兴了,说:"你们看我会痴呆吗?"

"那你去哪儿了？让我们好找！"

李福有把带路的事说了。

李品正取笑老爸："哦，人家叫你一声'同志'你就学雷锋啊！同志，菜都凉了，吃饭吧！"

李福有坐到餐桌边，卢爱珍打了饭递过来，也眉开眼笑地说："同志，请吃饭！"

李品正问："要不要喝两杯，庆祝一下，同志？"

李福有心里欢喜，嘴里却说："你们这是咋了？也叫我'同志'？"

"你不是喜欢吗，从今天起，我们就叫你同志了！"李品正嬉皮笑脸地说。

李福有连忙阻止："得得得，别拿你爸寻开心！哪有自家人'同志'来'同志'去的，这不笑话吗？"

李品正瞧着老爸，说："爸，如今啊，城里都兴把男的叫帅哥，女的叫美女，年纪大的叫老板。"

李福有说："这不是蒙人吗？哪来那么多帅哥美女老板？不实际呀！"

"人家图的是高兴！"李品正顿了一下，又故作神秘地说，"爸，你知道吗？现在叫'同志'呢，是指同性恋。"

李福有惊讶地说："同姓怎么了？同姓就不能恋爱结婚了？"

"不是，这个性不是姓名的那个'姓'，是指男女性别的那个'性'，也就是说，男人和男人、女人和女人谈恋爱。"李品正解释说。

"呸，这不乱套了？哪里有这种事情？！"李福有不相信。

"有，城里就有。"

"胡说！"李福有还是不相信。

卢爱珍在一旁看着父子俩没老没少地说话，抿着嘴笑。

第二天,李福有自己到车站搭车回乡下去了。

卢爱珍想不出家公为何说走就走,李品正则直接打手机问:"爸,怎么就回去了?也不早说一声。"

李福有说:"我回去收稻谷。"

"忙过了,就再来,同我妈一起来。"李品正说。

"你们在城里要多个心眼,千万不要学那些歪歪扭扭的事情!"李福有还把儿子当小孩看,最后叮咛了这么一句。

捉野猫

少年时,我生活在乡下,最佩服的是三哥。

三哥是五伯爷的儿子,虽不是我的亲哥,但对我很好。

三哥有本事。他会游水,会摸鱼,还会套雀、打猎。他每回下河摸鱼,绝不会空手而归。晚上去套雀,他拿着根长竹竿,竹竿顶部绑着个小网兜,举到屋檐的瓦洞口,动一动,麻雀就会逃出来,撞进网兜,被套住。

三哥打猎,也是选在晚上。

三哥养有一只狗,叫黄黄,耳朵尖,嘴巴咧,跑得快,敢下口,是只名副其实的猎狗。

三哥凡是出猎,都带上这只猎狗黄黄。带上黄黄,三哥胆子倍儿壮,哪里都敢去。

三哥出猎的行头:一盏戴在额头的电筒灯,一台挂在胸前的手摇发电机,电线从身后连到电灯上,腰间插把长柄刀,脚下穿双黄色厚皮的大头皮鞋。

那时,还没有像现在的保护动物的观念和法律,打猎不受限制,也没人觉得不好。三哥自然没有什么顾虑,全凭自己的兴趣爱好去干。

三哥打猎收获最多的是抓鸡虎。

抓鸡虎,我们也叫野猫,听说很多是家猫跑逃出来时间久了就变成了野猫,也抓老鼠,但更多的是夜间摸到村子里偷鸡吃。所以,捉野猫,是件大快人心的事。

我们这里有一道名吃,叫龙凤虎。龙不是真龙,凤也不是真凤,虎同样不是真虎。那是用蛇、鸡、抓鸡虎冒充的。龙凤虎的吃法,其实就是一锅汤,煮得烂熟,据说吃了很补,能强身健体。三哥捉野猫,多是拿去饭店卖。偶尔,一年间我们也能享用一两回。

三哥打猎,是在村子的周边,有时也去野外。他一边行走,一边用戴在额头的电筒四处扫射,看见两个绿莹莹或黄灿灿的光点,就知道是猎物了。他用光柱锁定发光点,喝令黄黄去捕。黄黄训练有素,听到三哥的指令,迅即向着灯光指示的方向猛扑过去。它惯用的动作是,先把猎物扑倒,然后一口咬住猎物的喉咙,再抖几抖,就彻底把猎物制伏了。猎物鬼精,自然,黄黄也有扑空的时候。

我是从读初中起离开村子的。开学前,三哥说要整锅龙凤虎给我吃。我高兴得不得了,要求再跟他去捉一回野猫。

那晚,我拿了支三节的手电筒随三哥出猎。

那是个没有月光的夜晚。夏尽秋来,天气有些寒凉。村外静悄悄的。风阵阵吹来,摇曳着草木树枝。三哥在前面走,我跟在后面,黄黄前前后后来回慢跑。来到村子西北角八叔家附近,三哥发现了目标。我循着他灯光的方向望去,也看见了两道并排的金光。"黄黄!去!"三哥下了命令。只见黄黄像一道黑色的闪电飞蹿过去,很快就传来了野猫反抗的吼叫声。我跟着三哥加快脚步赶上去。这是一片小树林,乔木、灌木都有,我们的脚把灌木的枝叶划得沙沙作响。我们的到来,更加激起了黄黄的斗志。这时,野猫已紧急爬到树上,但在两道灯光的照射下,它落空掉了下来。黄黄一口咬住它的脖颈,直至它停止挣扎,断了气。

没承想，三哥这回捉野猫捉错了对象。这只不是野猫，而是八叔家跑出来捉老鼠的家猫。第二天三哥去河边起蛇笼取水蛇回来，正准备烧水去毛整理野猫时，八叔上门问罪来了。毛色、花纹、大小，一一都对上了号，三哥无话可说，只能认错认赔。

一个打猎高手，居然闹了如此难堪的笑话！

三哥从此金盆洗手，不再打猎。

四十年后，三哥来到省城，与儿子同住。我闻讯抽了个空去看他。

三哥儿子阿一去上班了没在家，儿媳也不在。三哥开门把我引进客厅，我把一袋水果放在茶几上。三哥也不客气，动手去给我泡茶。他的孙女五六岁的样子，完全不搭理我，只管同一只胖嘟嘟纯灰色的猫玩。

我接过三哥递过来的茶，眼睛望着猫，问："你家养宠物猫啊？"

三哥说："这是我捡的，当时瘦丁丁，快要活不成了，我就把它抱回来了。也没谁来认领，这养着养着，就成了孙女的宝贝了。"

三哥已老态龙钟，但气色尚可。

告辞时，我再三祝福他，祝他健康长寿，开心如意！

大　成

发叔最憎恨别人说他儿子大成傻。

事实上，大成生得五官端正，身体强壮，该长哪里就长哪里，眼睛大大的，不聋也不哑。可就是读书总读不进去，光小学就留级了三回，被人戏称为"留学生"。

赶猪不下水，拉牛难上树。大成勉强读到初二，干脆不读了，辍学回家。发叔无奈，只好由他，心想自己也没有上过多少学，还不是照样发大财过好日子？

发叔早年浪荡，偷鸡摸狗的事没少干，名声有些臭。后来改邪归正，跟二叔学杀猪，上圩场摆卖，逐渐活出了人模人样。可毕竟有之前的坏名声，所以婚娶之事成了老大难。四十五岁那年，有热心人做媒，给他介绍了一个山里面的妇女，三十来岁，未结过婚，人长得又黑又粗，脑子不灵活，口齿也不清，说话像嘴巴里含着糨糊。发叔本来就没得选，到了这把年纪，更不选了，于是只见一面就把婚事定了下来。这女人也配合得很，第二年便适时足月生下了大成。儿子胖乎乎的，发叔满心欢喜，一直心心念念的传宗接代的事一下子办妥了。

生了儿子大成，发叔腰杆子全挺直了。没出三年，他推倒老屋，建起新楼，而且是建的四层，比所有人家都高，立在村中央，鹤立鸡群一般。发叔的心思，是要把大成培养成大学生，光宗耀祖。可大成扶不起，他只好认命。

有人私底下分析，大成傻，不是因为发叔，而是因为他老婆。发叔奸滑，但不傻。他老婆那个样，注定生傻儿子。俗话说，啥娘生啥种，老鼠生儿脊背拱。这些话，没有传到发叔耳朵里，否则，他那把杀猪刀会挥到你胆破。

都说养儿防老，发叔想到的不是大成养他，而是担心大成老了怎么办。发叔要培养大成能够自己谋生。他首先想到也是最终想到的就是教会大成杀猪和上街卖猪肉。他是靠杀猪起家的，本事也只有这个。当个杀猪佬，以前叫作屠户，也算是一门手艺，一种职业，收入也不错。他平时弄奸使假，买猪时夸大其词减价压价，卖猪肉时又缺斤短两，收入就更不用说。他希望儿子能学到他的经验，不说全部，一点点就够。

于是，发叔把大成带在身边，言传身教，教他杀猪，教他卖猪肉。

大成脑子随他妈，说话还有些口吃，人却实诚，一点都不像他爸。大成个子高他爸一个头，力气也大，杀猪学会了，可卖猪肉怎么点拨都不长进，人家说切哪里就切哪里，要多少就称多少，害得到了最后总剩下一大堆零头杂碎，很难卖得出去。发叔可不是这样，他卖猪肉，嘴巴甜，哪里都说好，眼快手也快，客户还没有反应过来他就切完猪肉了，放到电子秤上一称，随手攥块边角猪皮、猪油之类的杂碎加上去，依着秤屏显示，钱也报出来了。他的秤显示足斤足两，可拿回去自己称，绝对只少不多。他那秤，有问题。

发叔恨铁不成钢，深感竖子难教。但是，难教也得教。

大成虚岁二十岁那年，发叔六十有五，决定交班给大成。

这天，发叔买来的是头老母猪。父子俩杀好了，拿到圩场卖。老母猪肉，人都嫌。发叔老到，并不焦急。他教儿子把猪肉打理好，整出好卖相。大成担心母猪肉难卖，建议降降价。发叔小声斥责儿子，不得乱说，人家说你傻，你真傻呀！

好不容易有人走过来，定住脚步，反复查看猪肉，想买又不买。发叔说，这是真正土猪，养的时间长，少有，味道比那些饲料猪不知好多少倍，有缘人想买赶紧买，机会难得。

买卖的情形就是这样，人们多是随大流，一个看一个，你买我也买，哪个摊人多去哪个摊，哪个摊人多哪个摊旺。发叔靠忽悠，母猪肉很快被抢完了。

收摊时，大成一直笑得合不拢嘴。

发叔骂他一点都不开窍，笑什么笑！

大成当头被泼盆冷水，不高兴了，顶了句：关你什么事，又不是笑你卖母猪肉！

发叔急急想堵儿子的嘴，却已然来不及。周边的人一齐望向这父子俩，像望着怪物。

发叔神情尴尬，也不再等大成，匆匆自己走了，生怕买母猪肉的人回来找他似的。

大成则慢悠悠地在后面收拾齐整才走。

黄大哥

那年，我在一座小城工作，有一天，我到快达物流公司去接货。

签了单，我问发货人有没有车帮忙送货。她说有，只是还安排不过来，你要想快，就自己去找。

我骑着摩托车来到大街上，看到几辆"三马仔"在街口处等客，车手有男的也有女的。我一眼就看中了其中一个穿迷彩服的男子。我问他有货拉干不干，他巴不得的样子，当即发动车子，请我带路。

"迷彩服"把十五件牛皮纸包裹搬到"三马仔"车厢里，然后问我要拉到哪里。我说出了我们单位的位置和名称，顺便问他要多少运费。他看了看满满的一车货，说，二十块！我说，好！你小心慢行，我先走一步，在公司楼下等你。

夏天的下午，太阳像个高温大火炉，烤得四下里热烘烘的，楼房墙壁似煎板，氤氲着热气，花草树木仿佛烤软了一般，一律无精打采地低垂着头，发出油汪汪的光。我的衬衣一下子也渗出了湿影。

我在公司楼下等候了一个多小时，仍不见"迷彩服"到来。我掏出手机要打电话，却发现自己竟忘了事先问他要手机号。

我跑到办公室从座机电话回拨快达公司电话，那边回话说，没见"迷彩服"拉货退回来。

我再跑下楼,开上摩托车准备沿路寻过去。

在公司大门口,我和"迷彩服"差点撞了车。

我气不打一处来,责问他为何这么拖拉。

他抬头看是我,说:"真对不起,车链断了,我去修,让你久等了。"

我看他厚厚的衣服汗湿了一大片,心也软了,引着他把车慢慢开到楼梯口,问:"你推车去修啊?"

他回答:"都走不了啦,不推能行吗?"

我说:"辛苦了!"

他露出整齐的牙齿,笑笑,说:"不辛苦,是命苦。"

我说:"你不叫命苦,叫能干,能吃苦的人必有后福!"

他说:"我们这些拉车的,能指望有什么福?再有福也比不上你们坐办公室的。"

我说:"我们也不容易呀,还不是打工仔!"

"打工仔也分三六九等呢!就看你帮谁打的工。"车到楼梯口,"迷彩服"一边回应我,一边停车熄火。

这个时候,员工差不多都下班走了,剩下的大概是工作还没收好尾的,我忽然意识到要把这一车画册搬上五楼实在是个大问题。

我对"迷彩服"说:"兄弟,你好事做到底,帮我把这些东西搬上楼可以吗?"

"迷彩服"正举起手中大塑料瓶仰头往口中灌水,顾不上回答我。

"当然,我不白辛苦你,另给你加工钱。"我接着附加了一句。

"搬到几楼?""迷彩服"问。

"五楼。"我说。

"五楼呀？那么高！""迷彩服"心有所惧，但想了一想，问我，"你给多少？"

我说："我一捆给你两块钱，十五捆，给你三十块，再加上运费，一共给你五十块。"

"老板，你也太狠心了吧？上五楼哪！你看这鬼天气，就是空手走上去也要满身大汗的，一捆五块吧！一楼一块，你搬的我扣出来，我搬多少算多少。说真的，我今天没赚到你一块钱，修车整整花去了二十块，白干了。""迷彩服"一口气说了一大串，末了又加一句，"你要嫌我赚，我卸了货拿你二十块车脚费就走人。"

我怕他真走了，说："算了算了，就按你说的办，你一个人帮我都搬上去后，我连车费一起算给你，一共是七十五加二十，我给你一百块，行了吧？"

"我不多要你的，给九十五块就行。"

我说："别啰唆了，干吧！我上去开门等你。"

"迷彩服"一次就提上来两捆画册，大滴汗珠挂在脸上，流成了线。他把包裹放到我示意的屋角，又转身出门下楼去了。

我把一捆包裹拆开，抽出一本画册来审看。这时公司老板陈非走了进来，我二话没说，顺手把画册递给他。

陈非随便翻看了几页，就不看了，说："我有个应酬，你去不去？"

我说："不去了，我还走不了。"

于是陈非又拿了两本画册便出门去了。

陈非刚出门口，"迷彩服"提着两捆包裹就再次进了门，气喘如牛。

我拿过一瓶矿泉水递给他，叫他不用急，慢慢搬。

"迷彩服"接过矿泉水,拧开瓶盖就喝,一口气喝去半瓶水,然后露出整齐的牙齿,笑笑,说声谢谢又出门去了。

搬到第五第六轮的时候,"迷彩服"的速度明显慢了下来。我完全想象得出,从一楼到五楼,又从五楼到一楼,腰酸、手软、脚累,"迷彩服"再能干也难经得起这么来回折腾。这五块钱一捆的活,绝对物有所值。换了我,就是十块钱一捆,大概也要打退堂鼓了。如果这个时候"迷彩服"提出来再加些工钱,我会毫不迟疑地答应他。但是,他没有提。

最后剩下的三捆,"迷彩服"是一捆一捆地用肩膀扛上来的。他整个人几乎湿透了。

待他把最后一捆画册放好,我便再将一瓶矿泉水递给他,同时塞过去一张百元新钞。

"迷彩服"接过矿泉水,也接过钞票。然后,他从上衣口袋里摸索着掏出五块钱给我。

我连连摆手,说:"不用不用。我说过一百块,就是一百块。我还应该说声感谢你,你真的太辛苦了。"

"迷彩服"见我坚持不要,只得把钱收回口袋,说:"那我谢谢你。以后再有货拉,可以随时打我手机。"

我说:"好啊!你手机号没告诉我。"

"迷彩服"把他手机号告诉我,然后说:"我姓黄,你叫我老黄吧。"

我说:"我叫你黄大哥好了,看你也大不了我几岁。"

"迷彩服"收起手机,说:"你这人心好,面善,将来一定是个大老板。"

我哈哈一笑,说:"你看我像老板吗?刚才出门那个才是老板,我是为他打工的。"

迷彩服说:"你就是老板,谁给我工钱,谁就是老板。"

我又哈哈一笑,说:"好!借你吉言,我就是老板!"
"迷彩服"又露出整齐的牙齿,笑笑,然后挥手告辞出门。
这么些年过去了,黄大哥的样子我一直没有忘记。不知他现在可好?

老慢杜思飞

杜思飞性子慢，动作也慢，这与他的名字正相反。

在单位里，大家都把杜思飞唤作"老慢"。对于这么个绰号，杜思飞也不恼，只是开初有些不习惯，但慢慢地就接受了。后来，要是谁喊他老杜，他还不适应呢。比如，单位里新来的年轻人，一般都不敢当面呼他老慢，而是客客气气地称他"杜大哥"，或者"老杜"，他每次还得愣一下，以为是听错了。

杜思飞得这么个绰号，当然是有原因、有根据的。

想当初，杜思飞刚进单位时，给人的感觉是那样温文尔雅。他皮肤白，长得帅，对谁都是点头微微一笑。于是，大家都觉得本单位来了位人缘好的小伙子。于是，无论是领导，还是一般职员，都喜欢这个小伙子，都喜欢使唤这个温文尔雅的小杜。

久而久之，小杜就变成老杜了。变成老杜的杜思飞，哪里都不突出，就是腰椎间盘突出，还有那慢性子、慢动作突出。

举个例子吧。

早些年，盛行公款旅游。杜思飞所在单位经济状况虽不是很好，但单位领导为了体现对下属的关心，也向别的单位看齐，在某一年的秋天组织本单位全体干部职工分两批出去走走。分批时，杜思飞被分到了第二批。第二批带队的是一位副局长。这位仁兄平时在单位里比较强势，行事也风风火火，大家都有些畏惧他，也讨厌他。这位副局长在出发时就强调，大家一定要加强纪律性，参观景点、集体用餐和上下车等都要雷厉风行，步调一致，不得拖拖拉拉慢慢吞吞，更不能不请示汇报就脱团自己行动，以免影响旅游行程。

这次出行前后共八天。杜思飞总的来说还算跟得上队，不过，他看到的东西却比别人少。这是因为他老担心自己看多了会掉队，所以总是删繁就简，有些地方他干脆选择了待在旅游车上。他受不了这种赶来赶去行军打仗一样的行程安排，甚至后悔随队出来活受罪。尽管如此小心，在最后一天，他还是影响了大家一回。

最后一天，要返程了。领队的副局长宣布给大家小半天时间自由活动。飞机起飞时间是下午三点五十分，副局长要求大家必须在中午十二点之前就退好酒店房间，然后统一吃午餐统一乘车去机场。杜思飞想着出来一趟不容易，所以特地去逛了一圈步行街，为老婆买了一个银手镯，为女儿买了一套学习资料，另外又买了一些吃的喝的土特产。杜思飞回到酒店时，大家已经吃过了饭并且坐到了汽车上。他顾不上吃了，直接上房间收拾行李，接着到总台交钥匙。等服务员检查过房间，退了房，杜思飞这才去坐车。车上，大家耐着心，等待杜思飞按部就班去做完这一切，副局长黑着张脸。车子启动了，杜思飞忽然想起了茶杯还留在酒店房间里，于是喊司机等一等，他要去拿回茶杯。这时，副局长终于发作了，说："茶杯不要了，若要，你就自己去机场吧，大家懒得再等你这个老……老……老慢，对，你就叫老慢好了！"

车上不少人平时就对杜思飞的慢动作有微词，这回有人更是气鼓鼓的。杜思飞自知耽搁了大家，所以不再出声，茶杯也不要了,挥手让司机开车。按理,副局长小他七八岁,这么训他,换了别人是要倚老卖老顶几句的,但是杜思飞却一言不发,仿佛挨训的不是他。瞧,这就是"老慢"的典型性格,哪怕天上掉下块石头砸中了屁股,他或许也不会哼一声。

从此,杜思飞彻底坐实了"老慢"这个绰号。

杜思飞动作慢,工作中倒也不曾出过什么差错。领导不满意的是,凡交代他干些什么,都得多催他一两次,就怕他不急不迫地把事误了。有人笑称杜思飞的身子是糯米糍粑做的,手和脚兴许还挂着磁石。

对于别人说他"慢","老慢"自有他的道理。他说:"慢有什么不好?快又好在哪里?比如跑步,再快,你能快过汽车、飞机、火箭?有些事是不用急的,那是瞎忙乎!安步当车,慢工出细活,知不知道啊?"

杜思飞尤其看不惯电视上赤脚上刀山、摩托车飞车比赛之类的表演,觉得那一点意义都没有,说功夫再高也怕菜刀,武术再好一枪撂倒,还是省点心吧,何必自己跟自己过不去呢?

慢性子,慢动作,再加上心存这种"慢"思想,杜思飞在单位里的"待遇"也就可想而知了。得了那个腰椎间盘突出的毛病之后,他自己对自己也不抱什么希望了。如今,他快要退休了,还只是个"科员"。

然而,世事难以预料,喜竟然从天而降。

上面新近出了个政策,对长期在县乡两级工作的干部给予职级晋升。具体来说是,科员干够十二年,副科和正科干够十五年,可享受上一职级工资待遇,且无指标限制。如此普降恩泽,杜思飞再慢也赶上了。他干科员都超过二十五年了。

组织部门来考核,单位打电话通知杜思飞。杜思飞正在医院里龇牙咧嘴地接受"拉腰",一时半刻回不来。他问:"请假行不行？"电话里领导回答："回不来，那就要等第二批或者第三批了。"杜思飞的话慢悠悠地飘过来："那就等吧。"

嗨，这个"老慢"哪！

大炮张

大炮张本名张南北，因为说话爱夸张，被大家唤作大炮张。他是我曾经的同事，已有七八年不见面了。周末这天，他打来电话，说他准备来南宁，问我忙不忙，想见见我。

难得他还记得我，我再怎么忙也是要见的。我回答他说："联合国秘书长请我去做报告，你来了我就不去了，专等你。"大炮对大炮，我也学一学他。我问他是不是手机和微信同号。他说是。我说要加他微信，让他马上接受，好让我把位置发给他。

时间已是午饭的点，我到附近一家大排档订了个桌位。大炮张喜欢吃牛杂，这家大排档的特色菜就是紫苏炒牛杂。

我把位置发给大炮张后，忽然觉得两个人喝酒，有点冷清，于是打电话通知住在邻近的两位酒友，他们平时喝酒都会叫上我，我趁机还还礼，一举两得。

两位酒友曾真真假假地骂过我是铁公鸡，一毛不拔。他们接完我的电话后很快就到了，仿佛先知先觉，知道我要请他们。他们到后立即叫服务员拿菜单来看，也不经我同意就加了两个他们爱吃的菜。

大炮张带了一大瓶用黄蜂窝泡的酒，说是对我的痛风防治有好处。我谢了他，并介绍两位在座的酒友。在陌生人面前我当然不好叫他大炮张，而是叫他张局长，并且把副字去掉了，他也不纠正。

大炮张主动伸手去同我的两位酒友握手，嘴里连说幸会幸会，一如上级接见下级的做派。这两位酒友日常见的都是平头百姓，何尝与人握过手？所以显得有些受宠若惊，兴许心里还要思忖我这位老同事一定来头很大。

大炮张转过身对我说："我开车来的，今天就不喝酒了，还有事。"

我问："什么事？"

他说："也不是什么大事，吃了饭再说，今天还得请老哥带带路。"

我年纪比他大，他叫我老哥没什么错。可他以前一直叫我局头。也许分别久了，叫老哥更亲切吧。我调离后不久，他当了副局长，派头比局长还正，梳着个大背头，打上发蜡，夏天黑西裤白衬衣，扎紧袖子，冬天西装革履，皮鞋总是亮锃锃的。局长相反，为人低调，穿着随便，甚至不修边幅。据说，有一次他们两个一同下乡检查项目，村干部还误以为大炮张是主官而先同他握手呢，从此局长再不带他一起下乡。但是，局里的工作总结、工作汇报，局长必先让大炮张把关、修改，因为大炮张总能够找到工作的亮点，并且合情合理地拔高，领导看了高兴，在局内也有鼓动性。

大炮张酒量一般，但喜欢借酒抬高自己。他经常说某晚与县领导某某喝酒，喝了多少多少瓶五粮液。实际上有没有这回事，我们都半信半疑。

大炮张不喝酒，气氛自然淡了些。以前喝酒，只要他在场，气氛都很热烈。他最得意的本事是猜码，很少有谁能赢他。倘若他输了，他就说口干了，输一下，喝杯酒。有次猜码，他还编了个笑话。他装出很遗憾的样子说："唉，现在我上街都没有人靠近我了,见了我老远就躲。"旁边有反应迟钝的就问:"为什么呀?"他说:"为什么?你想想吧,我每次猜码都要人家光头,谁还敢靠近我?"话音未落,一桌子的人都笑开了声。这个大炮张!

喝的酒是我带来的二锅头。三个人喝,进度慢了些。大炮张起身出去了一阵子,回来后问我还喝不喝。

我记得他说还有事,就说不喝了。

于是他拿起他要送我的酒,说:"那我们先撤,单我已经买了。"他转头对我那两位酒友说,"你们继续。"

我急了,说:"你到南宁来,我做东,你买什么单?多少?我微信给你。"

他说:"不就几个钱嘛,谁买还不是一样。"

我说:"绝对不一样,你不告诉我,我就不同你去办事。"

"行行行,上车我再告诉你。"他一边说一边拉着我往外走。

上了他的东风日产轩逸,他不提买单的事,而是告诉我他今天来,是想在南宁买一套房,叫我同他去转转,看哪里有合适的。

我说:"你不是说南宁不好住吗?"

"唉,此一时彼一时。我儿子回来了,至少也要住在首府南宁吧?"他说。

我纳闷了。想当初,他送儿子去澳大利亚读高中,特自豪地说儿子要当留学生,以后就在国外发展了。后来听说他儿子高中毕业后在那边读了个三流大学,再后来又跟同学跑回国内,在北京做医药产品营销,不知何故要转来南宁。

"你儿子不是在北京发展吗?"我问。

"唉,在北京不容易啊,不如回本地。"他皱着眉头说。

我又问:"你儿子现在南宁干哪行?"

"哪里?他现在待在家,啃老。"他话里带着怨气,显然是恨铁不成钢。

我安慰他:"你儿子毕竟留过洋,来南宁发展绝对不成问题。你现在这想法太对了,先买套房安营扎寨,再图发展。"

"所以,去哪儿买?我不懂啊,你推荐推荐,同我去找找。"

"我建议你要买就买大平层,以后退休了你们两老也可以来住。"

"大平层有多大?"

我说:"一百八十到二百三十平吧,三代同堂四代同堂都可以。"

"那需要两三百万喔?"

我说:"你还差钱吗?你早就是百万富翁了。"他曾说过,凡公务员都是百万富翁。他解释,工资每月七八千,每年九万十万,十年就是百万富翁。

"那,按揭首付要多少?"他又问。

"七八十万吧。"

"那,你得借给我二十万,我钱还不够。"

"二十万没有,我给你二十亿吧。"我没有闲钱借他,送了他一门大炮。

"你要真有二十亿,我也有!"

大炮张说着,然后笑了起来。

这天我们看了四处楼盘,房价一个比一个高,大炮张一处也没有决定买。他对热情的导购小姐说:"房价不是问题,只是这地段,我再考虑考虑吧。"

抬　杠

我们县城大不大？

"不大，我撒泡尿都可以尿遍全城。"说这话的人叫阿南。

我们县城小不小？

"不小，那天我从城东汽车站走向城中心文化广场，走过好几条街，走到脚抽筋还走不到。"说这话的人叫阿北。

阿南、阿北是我们县里小有名气的文人，都时不时会在我们县的小报上发表豆腐块大小的文章。每有"豆腐块"刊登出来，两人就聚到一起，一边喝小酒，一边指点江山，纵论人情世道，牛哄哄的。而他们最后往往是不欢而散。这主要是因为他们同有一个毛病——抬杠。

譬如，阿南发表篇杂文，对某新闻事件评头论足，阿北就挖苦他是狗拿耗子多管闲事："你一个芝麻大的小科员，人微言也轻，胡说些什么呀？真是不自量力，人家当你放狗屁！"阿南听了自然很不舒服，立马就反驳说："做人要有正义感，位卑未敢忘忧国，要学会深挖问题，举一反三，警示人们把危害社会的潜在因素扼杀在摇篮中，这叫釜底抽薪，斩草除根，毕其功于一役。"

譬如，阿北发表了篇小小说，阿南就说他生编硬造，指桑骂槐，影射社会，有阴暗心理，没有正能量。阿北干脆说阿南根本不知道什么是小说，不知道就不要乱讲，不要班门弄斧，不要猪鼻子插葱装大象，免得被人笑掉大牙。

总之，这两个人虽然常在一起喝酒，却总尿不到一个壶里。我的同学阿威曾总结过，说阿南的特点是自视太高，好胜心也强，不知道自己几斤几两。他写的散文或小说常常是带着嫌弃的口吻来描述他生活和工作的环境，可他又没有本事离开生养他的本土到外地去谋生，如同一个有剩饭吃已经不错了的乞丐还要嫌米臭。阿威说阿北的特点就是好为人师，像个孔乙己，而且看什么都是带着挑剔的眼光，鸡蛋里挑骨头。但这两人就是怪，偏偏能拢到一起，既互相抬杠，又互相依恋，假如他们其中有一个是女的，绝对称得上是欢喜冤家，是绝配。

这天下午下班后，阿南、阿北又相约一聚。因为阿南的一首诗见了报。聚会的地点选在城西一家农家乐小饭馆，作为他们的好友和伪粉丝，我和阿威照例受邀前往。我们到达时发现多了个女孩，青涩单薄，看着像个高中生。阿北介绍说是阿南的铁杆粉丝。我心想：他们两个今晚不会再抬杠了，该换成互相吹捧了。

几杯土茅台下肚，大家就开始重新欣赏阿南刚发表的诗。报纸是阿南带来的，他递给女孩："来，小张，你朗读朗读，请大家提提意见。"

我一瞄，这首诗不长，有十一二行，而且有两行才一个字，诗的题目叫《天上的云》。

女粉丝小张声音有些小，还吐字不清。阿南可能觉得没读出他的诗情画意，拿过报纸又亲自读了一遍，情感充沛，声音时高时低，但抑扬顿挫得过了头。他读完后，我和阿威都连夸："好诗，好诗！"

阿北没有夸赞，而是做沉思状，然后说："我觉得这诗整体上不错，比之前发表的几首进步不少，但还是有些欠缺，比如

'我看见一朵云／在绽放／灿烂了半个天空'用字用词就不够准确，看见是近观，天上的云在高处、远处，应该改为望见；灿烂也似乎用得不妥，一朵小小的云，怎么就能灿烂了呢？换成点缀二字才对。"

阿南说："望见也是看见，看见是口语化，用得更自然，更有亲和力，一朵云怎么就不能灿烂？这是夸张，是增加云的美丽程度，而且，这朵云是变化的，是千朵万朵云的其中一朵，它最终要感染千朵云，融进万朵云，灿烂一大片，璀璨一大片，辉煌一大片！"

阿北说："你这是乱夸张，乱描写，乱抒情。"

阿南说："你不懂，跟你说诗，简直是对牛弹琴！"

阿北说："你看你看，好心指出你的缺点，你就坐不住了，虚心使人进步骄傲使人落后，你这样还能有进步的空间？好心被当作驴肝肺了。"

阿南说："懒得要你的心，更不要你的肺！"

"不要拉倒！"阿北站起身，气呼呼地走了。

我和阿威见得多了，一点都不以为怪，只管继续捡好的吃，大快朵颐。而小张就尴尬多了，面红耳赤的，不知如何是好，仿佛被骂的是她。

散席的时候，我们叫服务员拿单过来，服务员说单已经买了。

阿威问："谁买的？"

我说："还能有谁？阿北。"

阿南说："他就这点好。下次我买！"

尴 尬

全明下决心戒掉棋瘾。

他下这个决心，是为了儿子。

儿子还算比较听话，但有一点令他头痛就是沉迷于玩手机游戏，常常手机不离手，连吃饭的时候都机不离手。说了不知多少回，儿子总改不了。关键是，儿子还反唇相讥：你还不是一样？妻子在无奈中醍醐灌顶：有其父必有其子，一路货！

于是全明痛下决心：以身作则，言传身教！

全明痴迷的是上网下象棋，在办公室下，在家也下；白天下，晚上也下。

他现在的积分已经达到八千七百分，级别：解元。

他一路拼杀，过关斩将，磕磕碰碰，反复拉锯，终于闯到了这个关口。解元是什么？那是举人的顶峰！他的下一个目标，是"贡士"，然后是"进士"，能不能成为"探花""榜眼"乃至"状元"，他暂时不去想，能到此步，也算是一览众山小了！

可他必须得放弃。为了儿子！

儿子刚刚考上了个普通高中，因缺两个 A 而无缘重点高中。如果再不戒掉玩手机，以后不要说上大学，恐怕连找工作都难。

全明不敢往下想。

眼下，单位里工作相对较少，同事们轮着公休。全明也请了公休假。入伏了，天气炎热，外出旅游他是不考虑的，那等于花钱去买罪受。他就是要在家盯着儿子。从下学期开始，儿子就要离家住校了，臭毛病必须得改。

公休头一两天，一切静好。儿子撑着不玩手机了，全明当然也没有下棋。

第三天，不知哪条道走漏的消息，在F城文联工作的老甘打电话过来，请全明利用公休假帮忙一字一句"指正"他新完成的一部长篇小说。

老甘是全明的大学同学，两人都是中文系毕业。读大学时，两人都写诗歌，只是毕业后入的行不同，老甘先去了学校，后又到了文联，全明则一直在机关里从事文秘工作。

说是"指正"，其实是帮忙校对，但全明还是答应了老甘。他正好拿这个事来影响影响儿子，同时还可以看看老甘到底是个什么水平。这些年，老甘出了几部长篇小说，有一部还被改编成了电视连续剧。全明心想，说不准自己今后也会捣鼓捣鼓小说。

妻子出门买菜，儿子说去找同学玩。全明坐到电脑前，等着下载老甘的小说。

在等待中，全明上网随意浏览了一些新闻热点，然后，他心里痒痒的，就想着来两盘。

好！点开"中国游戏中心"，进入自己的账号，输入密码，登录游戏中心大厅。好了，找座位，看哪个有种的敢与他这个"解元"玩玩！

积分低的，他嫌人家不够格，相同的又都是高手。高手过招，胜负都是未知数。

全明接连厮杀了十几二十盘，积分不进反退。

正气恼着，妻子回来了，他直接关掉了电脑电源。

他忽然想起，还没有查看电子邮箱。

吃过午饭，全明上床休息，可怎么也睡不着。他干脆起来打开电脑，收下老甘的小说看。

全明看了两三千字，也没看到故事的主题，兴趣提不上来，于是不看了。小说总字数十八万，全明觉得不长，不必赶。他心有不甘，又想着象棋了。对，先来几盘再说，把丢失的积分追回来。

直到儿子回来，全明才收手，改看老甘的小说。

"改邪归正了，老爸？"儿子走进来，嬉皮笑脸地招呼。

全明瞪眼斥责："去哪里了？是不是在外面偷玩手机？"

"你才偷。"儿子转身出门。

入夜，妻子和儿子在客厅里看电视，全明在书房里看小说。他说老甘要求他抓紧看，看完了去F城那边玩玩，届时带儿子一起过去。儿子向老爸做了个鬼脸。

客厅里电视关了，儿子和妻子都睡去了，全明放下小说，但脑子却无睡意，所以他又一次点开了象棋。

这一下就是一发不可收拾。直至夜深沉，直至被游戏沉迷系统锁住，全明还在乐此不疲地玩。

讨厌的是，被沉迷系统锁住后，赢棋不得分，输棋却仍会被扣分（这样的情况，已经不止一次了）。连着输掉几盘后，全明终于不下了。他果断关闭了象棋，甚至，卸载了象棋——他决定金盆洗手，从此与象棋拜拜。

躺到床上，全明却越来越清醒。他脑子里尽是刚才的那几盘棋。尤其是最后一盘，本是可以赢的，却鬼使神差，人家对车，他浑然不知，白被砍了，要不然，鹿死谁手尚未可知。

如此辗转反侧总不能入眠，全明起身又来到了书房。他打开电脑，在等待电脑启动这空当，他去沏了杯浓茶。

重新下载象棋，继续鏖战。

全明决计要证明自己的能耐！

天蒙蒙亮的时候，儿子起来上卫生间，见书房灯还亮着，轻轻走过来看了看，笑了。

儿子站在门口："爸，那么努力呀？还在看小说？"

全明转过脸来，十分尴尬，心虚虚地说："嘿嘿，刚……刚……刚起床。"

迷　糊

胡天农老师有个出了名的习性，就是爱迷糊。

他这个迷糊像是打瞌睡，但又不完全同于打瞌睡。打瞌睡多少能够睡过去一阵子，他的迷糊却是似睡非睡，一碰一惊就醒，你弄不明白他到底睡着了没有。

胡老师爱迷糊，是随时随地的，除非他在上课，或者是在认真改着学生作业。当他静下来没有什么紧要的事情可做的时候，他就会迷糊，尤其是在中午和下午更厉害。比如说，他同大家一起吃饭喝酒时，即便是大家闹哄哄地在划拳猜码取乐，他也能够迷糊，眼睛眯缝着，坐都坐不稳，差不多就要头点地了，不过轮到他出拳时，他却又总是能够及时接上来，绝不会乱出手，声音也够响亮，但猜过了，轮到别人了，他又继续迷糊。又比如说，学校开大会，一大帮人坐在一起听报告或者听演讲，你试着找一找看，十有八九，会看到天农老师正闭着眼睛悄无声息地在那里迷糊。不过，如果大会要点名，点到胡天农时，胡老师准能应声说"到"，或者说"在"。

在学校是这个状况，回到家也常常是这样。有一次，他老婆炒菜，缺了酱油，让他赶快去买。他去了，但回来时，走着走着，居然又迷糊了，啪的一声，酱油瓶掉在了地上。他醒了，可酱油瓶已破，他只得转回头，重新去买。再回来时，他不敢慢行了，改成大步流星地走。

胡老师爱迷糊，始于何时，大家也没个确切的说法，反正，从他到学校当老师起，二十多年了，就这么个样子。

按说，迷糊也不能说是什么缺点错误，说是毛病都有些勉强，毕竟是生理上的特殊现象嘛！胡天农老师自己也不愿这样，可他就老是这个样子。久而久之，大家不喊他"胡老师"，而是叫他"迷糊老师"。他也不恼，事实就是这样，他没有办法。但作为一名老师，为人师表，你老是这么个样子，也不是个事，那形象总给人萎靡不振的感觉，影响到学校，就是让人错以为这所学校没有朝气。这么些年来，学校换了两三位校长，每一位都同胡老师谈过话，就是希望他能够改掉这个习惯，至少在学校时不要这样。胡老师每次也都能听得进校长的意见，但坚持不了几天，又迷糊了。

有了爱迷糊这个毛病——还是叫状况吧，胡天农老师二十多年来只当过一个学期的班主任就被换了。而且，学校再也不让他上主科的课，只让他上副科的，诸如地理、生物、政治之类，都是中考不重要的那些科目。学校可能觉得胡天农老师上体育课最适合，可他不是体育专业毕业的，也没有哪一个体育方面的特长。

不当班主任、不上主要科目的课没关系，胡老师乐得轻闲。但是，有一点，却让他感到很没面子。那就是，这么多年了，学校从来没有安排过他当监考老师。学生期中、期末考试，他当的都是机动监考员，实际做的是协助考试的杂务。学生升学参加中考，就更别说了，连胡天农老师自己都从来不抱希望——那些监考老师，都是由教育局定的，而且多是要交流到别校去的，他"迷糊老师"的名声大着呢，谁敢用？

这真真是块心病。当老师连监考的资格都没有，你能说是个有文化的人？能算个好老师？所以，胡天农老师私下里总感到自己当老师实在当得不够圆满，不够名正言顺。

这一年，校长又换了。新校长有个信条，总是强调说：没有教不好的学生。推而及之，新校长也许心里还说：没有当不好的老师。

那天，新校长把胡天农老师叫到操场散步。

新校长问："胡老师，你能不能够不迷糊？"

没等胡老师回话，新校长又补充说："我是说，你能不能在绝对不该迷糊的时候就不迷糊？"

胡老师睁着迷惑不解的双眼，还是不知如何回答新校长。

新校长接着又说："如果你能保证，这次期末考试我想请你参加监考。"

胡老师两眼放光，连声说："能，能，能！"

新校长同他两眼对视，说："你敢保证，这回学校就安排你。"

胡老师斩钉截铁地说："校长，我用行动证明给你，证明给大家看，我一定能！"

新校长说："那好，一言为定！"

果然，这回期末考试，胡老师成了一名真正的监考老师。

有人等着看胡老师的笑话。

然而，最终没有谁能够笑话他。

三天的考试时间，胡天农老师按部就班、中规中矩地完成了监考任务，没有出任何差错。

胡老师头一次在人前完完全全地挺直了腰板。

不过，回到家里，胡老师可没少遭罪。他上卫生间排泄时，肛门辣得不行，嘴里直吸冷气直呼粗气，差点就号叫了。

他老婆嘲笑他："受不得这个苦，以后就别再逞能了！"

他隔着门吼:"你懂什么!我乐意!"

他老婆知道他的底细。

这几天,胡老师衣袋里放了一把那种小小的朝天椒。他监考时,想要迷糊了,就一口咬一个。难怪,他的眼睛有些红。大家还以为是胡老师受到了信任,正热血上涌呢!

老　曾

老曾一直在部门担任正职，还有两年到退休的时候，组织上用一行文字换了他的头衔，他不再当局长，改任调研员。级别虽还是那个级别，但实权没有了，事务也没有了，应酬当然也没有了，老曾一下子还真适应不过来。

新任局长是他原来的副手提上来的，对他既尊重又客气，就是不安排他事干，为的是让他这个老领导好好休息。新局长另上一层楼辟了间办公室，把局长办公室仍留给老曾坐，里面的摆设也都没有变。老曾内心感动，叫人把"局长"的门牌卸了下来，钉到新局长办公室的门上。局里有的人还叫他"曾局"，有的叫他"曾调"。他听着都不好意思。前者名不正，后者像是说粗话。他请大家叫他"老曾"。

老曾是从乡镇一级级逐步干上来的，人随和，也没有什么架子，认识他的人都说他亲和。老曾最不满意自己的地方就是除了开会、干事、应酬，别的都不在行。如今卸了担子，他突然不知如何打发日子了。

早年参加中青班学习时，党校老师就说过，当领导的也要培养和保持一些兴趣爱好，尤其是文体方面的兴趣，不只是能够陶冶性情，退下来后也用得着，不至于太空虚。当初他不以为然，现在算明白了。

新局长说,老领导你要是有兴趣,学学摄影,或者练练书法,都是好事,东西单位帮你准备了,就等你大显身手了。

显个屁!老曾说,搞摄影跑来跑去的太累,写字咱连毛笔都没拿过,拉倒吧。

老曾嘴上说得脆爽,心里到底还是闲得慌。

闲着没事,老曾又不想随便串门,怕影响别人的工作,于是就躲在办公室里上网。上着上着,结果迷上了下象棋,以至于成了瘾。

下象棋这个游戏是前几年办公室秘书帮他下载的。老曾喜欢下棋,闲着的时候,还到过街边看别人下。秘书觉得领导到街边看人下棋不好,所以帮他下载了这个游戏。老曾坐到办公室,一有空就上网下一两局。日积月累,到他退位不当局长时,他已经是"三等童生"了。如今他当了调研员,有的是时间,正好拿来下棋。有道是多劳多得,只半年工夫下来,老曾一路升级,由三等童生到二等童生再到一等童生,又升到秀才,现在已跃到了举人这个级别。

老曾有个烦恼,就是到了举人这个级别后,上档分数越发拉大了,高手也多,他进得很慢,积分一直徘徊不前,有时候一个上午或者一个下午几乎是只退不进。他曾经有过从四等举人降为五等举人的大倒退。这真是气死人!

老曾希望自己到退休时,能越过举人,达到进士甚至状元这个级别。但是,如今这样的状态,让他很失望。不仅是失望,他有时还生自己的气,讨厌自己!他怀疑自己恐怕连举人也当不上最好的,拿不到一等。他这么怀疑自己的时候,就会认为自己智商低,认为自己智商低他就越对自己没有信心,越没有信心他就越憎厌自己。他甚至怀疑自己以前当官都是靠运气,是瞎猫碰到了死老鼠。他觉得自己是个没有多大本事的人。他真有点沮丧了。

　　但是，如果真的就这么沮丧下去，那可不是老曾的本性。他做了那么多年的一把手，也不是吃素的，眼观六路，耳听八方，摸爬滚打，没有些能耐那是坐不稳、做不下去的。

　　老曾决心要在下象棋这方面再一次证明自己。

　　老曾到书店里买来几本讲象棋的书，认真地研读起来。他在办公室里读，回到家里读。读得两耳不闻窗外事，读得老眼昏花，读得满脑子都是象棋，连做梦也梦见象棋。

　　老曾不但研读棋谱，还边读边练，理论联系实际。

　　老曾虽然用功，但进步并不大，积分仍然上不去，有时候反而还会连输二三十分。

　　老曾不服。他屡败屡战，从办公室战到家里，战了白天战黑夜。

　　如此久坐下棋，老曾腰酸腿麻脖子硬，心烦躁，脾气也比以前大了些。

　　他老伴说他是老发癫了，这样下去非闹出毛病来不可，于是就劝他、骂他，还叫儿子、儿媳回来，劝阻他。

　　老曾笑笑，说下象棋哪能死得了人。不过，他在家里克制了很多，不再熬夜下棋了。但到了办公室，他一开启电脑就会想到象棋，手瘾到底还是刹不住。

　　他老伴私下里交代新局长，不让老曾在办公室下棋，要收缴老曾的电脑，或者换台上不了网的给他。新局长口头答应，过后却什么也没有说。

　　老曾喜欢上网下象棋，而且成了瘾，这在单位里逐渐被传开了。局领导理解他，其他同事也理解他，毕竟这不是什么低级趣味的坏事，老同志有个爱好总比无所事事强得多。

　　然而，谁也没想到的是，老曾这么大的棋瘾说戒掉就立马戒掉了。

那天,纪委发了个文,要整顿机关不良作风,禁止干部职工上班时间上网玩游戏等,提倡多学习、多下基层办实事,树立务实进取形象。老曾看到了,就自觉执行了,从此不再在办公室下象棋。

新局长在家做了几个菜,备了酒,专请老领导喝了一顿。

三句半

农育水开口就谴责农育山:"哥,你到底还是不是男子汉?"

农育山丈二和尚摸不着头脑:"妹,你说啥?"

"老爸问你要点钱你为何总不给?"

"噢——我以为你吃了火药咧!你有钱你给呀!老爸老妈我看是发癫了,住城里好好的,没事跑回老家干吗?还买这买那的!我没闲钱。"农育山没好气地说。

"我看你一个子儿都没有,钱都被嫂子管起来了。你做人就这么失败?"

"我失败?我失败,我能送儿子上大学?我失败,我能买得起一百四十平方米的大房子?"

"好好好,哥,我知道你能,这回你就支持一次老爸吧,啊?"农育水换了口气,撒起娇来。

农育山挂了手机,还生着闷气。他就不明白,老爸不知是哪根脑筋被鸡啄了,或者是被牛踩了?

他老爸大名农兆田,原是县环保局的局长,早几年退休了。退休前,他回老家农村起了栋两层的小楼,说是要回老家养老。当初,农育山、农育水以为老爸只不过是心血来潮,光宗耀祖嘛,他们管不了只好理解。其实,一家老小一年到头就回去那么几天——春节祭祖、清明扫墓——借住叔叔、伯伯的房子就可以了，用得着建楼吗？想不到，老爸这是当真的！

农兆田回老家住，他老伴当然得跟着，她一个人在城里住也没意思。农育山在南宁，农育水在桂林，两人的儿子、女儿都在读书，她一年也就见上一两回。于是，回老家。那里有山有河，还有老伙伴。年轻时，刚出来在乡下工作时，一个在文化站，一个在学校，那真叫个青春活泼！唉，说老就老了，但那山，那水，那人，那时光，却越发地清晰起来，倒把后来的日子盖住了。

农兆田和老伴回老家住，城里的房子就锁着，约一个月才回来一趟，扫扫屋，晒晒被子，住上几天又走了，把原来安身立命的地方变成了旅店一般。

二老回老家就回老家吧，农育山、农育水也都不反对，如今村村都通了公路，有个头疼脑热回城也不难，主要的是，老家那里还有一帮老头老太，老爸老妈爱干吗就干吗，养鸡种菜哪怕吹牛侃大山，高兴就行。

可事情没有那么简单。

农兆田回村后，闲不住，显起能耐来了。村子早前有片很茂密的林子，现在没了，他买来树苗，发动大家在村周围种。村前一方大水塘，他请人砌了一道石堤，沿堤铺水泥地面。这样，积蓄就用光了。现在又要买什么乐器，买演出服装。他打电话问农育山借钱。老爸借钱，还有还的吗？房子供着，按揭，农育山不理会老爸。儿子不给，农兆田就问女儿去借了。女儿已经支援老爸不是一两次了，所以指责哥哥来了。

农育山最终还是把钱汇给了老爸，一万块。

春节将到，农兆田和老伴决定不回城，打电话给农育山、农育水，说这个年在村里过，要回就回村里来，这里环保，也有玩的。

农育山从读书到出来工作,年年春节都会回家与父母过,结了婚,生了儿子,回来就少了。

大年三十傍晚,农育山和妻子、儿子提着大包小包回到村里来了。正月初三,农育水领着丈夫、女儿也来了。一大家子热热闹闹,其乐融融。特别是农育山的儿子和农育水的女儿,哪见过这样的环境,新鲜得不得了,竖着大拇指,连连为爷爷(姥爷)点赞。

农村是初二、初三、初四走亲戚,到了初五,村里的重头戏闪亮登场。

好戏就摆在村前水塘边的水泥地上。

夜幕降临,七点半钟,先是一阵鞭炮声响起,然后村里的文艺演出开锣。

主持人用夹杂着方言的普通话说:"众位乡亲,阿叔阿伯阿婶阿嫂兄弟姐妹们,我们村春节联欢晚会现在开始!下面,我们先请晚会总导演农兆田老爷爷讲话。大家鼓掌欢迎!"

农兆田戴顶鸭舌帽走上场,说:"咱们村以前就有演出的传统,这个传统从今年起恢复,今晚节目不多,只有十个,就图个欢乐,大家努力,争取明年更好。我不多说,下面先由我们四个老人带头,演个'三句半'节目,名字叫作《山清水秀好风光》。"

说着,便有三个老人依次走出来,排了队,最后一个还提了面铜锣,当的一声便开演了:

甲:山清水秀好风光,
乙:改革开放国富强,
丙:如今农村大变样,
丁:有梦想!

甲：资源开发放马跑，
乙：持续发展要记牢，
丙：天心地心讲良心，
丁：环保！

甲：众人拾柴火焰高，
乙：精准扶贫一个不能少，
丙：小康路上吹号角，
丁：最妙！
……

晚会结束，农兆田一家回到家，意犹未尽。
孙子学舌："爷爷人老心不老。"
外孙接："姥姥跟着到处跑。"
农育山说："两个老人家吃了什么药？"
农育水击掌喊："良药！"
于是，一家人大笑。

青峰坳

"五一"小长假,俞新在青峰坳带队值勤。

青峰坳处于三县交界,按说是"三不管"的地方,但B县对此地却非常重视,原因是这里是偷运木材最猖獗的通道,偷运不禁,偷砍偷伐的事就时有发生。B县是森林大县,生态大县,这块美丽的牌子,县里是决不能丢的,谁丢谁失职。

俞新给爸妈去了个电话,说放假就不回去了,有任务,他们想吃什么自己买。

俞新放了电话,局长坐着越野车到了,还带来了酒和菜。于是大家一起动手,做了一顿丰盛的午餐。局长说:"我是特意来看望大家的,吃了喝了,还得把耳朵眼睛放尖点,咱林业局扛着个大责任哪。"

俞新好感动,对局长打包票,说:"我这个林业公安不是白当的,你就放心吧。"局长拍拍俞新的肩膀,意味深长地走了。

局长刚离开不久,又来了一辆皮卡车,走下一个黑脸膛的男子,声声"新老弟、新老弟"叫得亲切,接着是敬烟点烟,随后又拿出三条名烟送给俞新和另外两个乡干部。

俞新摆摆手推辞,说:"无功不受禄,周老板不要这样。"

周老板把俞新扯到一边,说他表哥有几个老朋友今晚七点钟要拉几车货经过这里,请俞新设法让旁边那两人回家吃饭避一避,事后有重谢。

俞新说:"你表哥刚来过,怎么不见他跟我说?"

周老板说:"这种事他能亲口说?他来看你就是那意思,他说你是个聪明人。"

俞新笑笑,不置可否。

当晚七点钟,果然有车队拉着木材经过青峰坳。但他们最终没能通过,被扣了下来。

周老板打电话质问俞新咋回事。

俞新答:"就咋回事!"

俞新报告局长,局长指示:从重处罚!

黄安学

在我一直以来的记忆中,老同学黄安学并不善于与人交往。他主要是抠门。我们读书的时候,大家一起吃小吃,他从没有买过单。他的衣服鞋子之类,全都是最便宜的,多是从路边散摊购买。这种"朴素"的生活特性,直至他结婚成家后依然没改。听说,有次,他买了半斤猪头肉,回家后发现老婆已买了猪肉,便转身急匆匆上街去退。可是,卖家最忌讳的就是退货。黄安学费了好大的劲,险些同人家打了起来,才终于退掉了猪头肉。笑话闹大了。但被旁人耻笑无所谓,黄老同学认为不乱花钱才是最最要紧的。

可是,这样一个抠门的人,怎么会去当干爸呢?

今年国庆黄金周,我想出去旅游但又害怕景区人满为患,待在南宁又不甘心,所以就想起黄安学来了,想到他那里走走。我与他已经有两三年没见面了,怪想他的。

电话一拨通,黄安学可高兴了,说:"老同学你快下来,我带你去乡下吃环保菜,感受正宗的'农家乐'。"

中午到了县城,黄安学微信发定位给我,叫我直接开车到菜市等他。

车到菜市,黄安学和他老婆已经买好菜等候在路边。

黄安学说:"今天就开你的车下乡,不必开两辆车去。"

看来他俩是走路来买菜的，早算计上我了，还是那样抠。我想。

我打开后备箱，让他们把菜放进去。一副猪大肠，约莫一斤猪肉，仅此而已。

我问："青菜呢？"

黄安学说："那里有，绝对比街上的好！"

"那我去买袋水果吧。"我心想自己空手去不礼貌。

黄安学说："由你，我代表我干女儿向你表示感谢！"

"你干女儿？"

"你先去买东西，别的，路上再说。"

一路上，黄安学兴致很高，他絮絮叨叨地向我讲述了他认干女儿的经过。

五年前，黄安学受派到岜隆乡石等村扶贫。他负责帮扶三户人家，有两户第二年便实现了脱贫，但有一户至今还没有摆脱贫困。

黄安学分析总结过，时下农村人贫困，主要有几种原因：一是耕地少，产出有限；二是因残，缺劳动力；三是因病，花费过大而致贫；四是因学，小孩都上学读书，负担重，生活捉襟见肘。

黄安学帮扶的没脱贫的这家贫困户，情况比较复杂。

这户人家，户主叫农先发，全家六口人：他、他老爸、他老妈、他老婆和两个女儿。他老爸瘫在床上多年；老妈双目几近失明，已丧失了劳动能力；老婆患有类风湿病，腿脚经常连路都走不了，农活有时能做，有时不能做；两个女儿都还在上学读书。农先发这点比别人可贵，坚持让小孩读书，即使是女孩子。要是在别人家，早就让小孩辍学了。他老婆也曾想不让孩子上学了，但农先发不同意。

黄安学与农先发家结对子帮扶后，开始还真想不出有什么好办法帮他家脱贫，但不做出点成绩又于心不安。农家有十五亩甘蔗地，年产甘蔗不过六十吨，收入约三万元，扣去蔗种、肥料、农药、请人工等，纯收入不足两万。如果家里能够有一人外出打工，按最低月工资一千八百元计，一年可增加收入两万多，足够脱贫了。可是，农家眼下这状况，农先发是没办法外出打工的，女儿又读书，难哪！

黄安学开初曾买过一些鸡苗送给农先发养，但因缺技术，鸡最终成活的很少。农先发又爱面子，再不允许黄安学花自己的钱帮扶。此时，农先发的大女儿高中毕业，考上了一本大学。黄安学就想帮他女儿交些学费，成人之美。他知道，这笔学费，在农家一定是个大负担。为了让农先发能够接受，黄安学回家同老婆商量，想到了认干女儿这个办法。他们就一个儿子，大学毕业出来工作了，却远在外地，认个干女儿，相当于儿女双全了。

这个想法，与农先发家一拍即合。从此，农先发的大女儿就成了黄安学夫妇的干女儿，黄安学名正言顺地资助她读完了大学，如今，她已毕业回来了。她的心思，就是在县里考个公务员，方便两家走动。黄安学在县城为她先找了份临聘的差事，吃住都安排在他家，让她一边工作，一边自习备考。国庆节过后，她就正式到县城上班了。这是好事一桩，农先发一家脱贫指日可待了。

到了农家，完全感受得到，农先发一家对黄安学夫妇的尊敬和感谢是发自心底的。或许，这一顿饭是农家多年来最美味的一顿了：杀了只鸡，鱼是农先发到水库打来的，青菜是农先发老婆从自家菜地拔的，再加上黄安学带来的猪大肠和猪肉，够丰盛的了。席间所有的话都入心入肺，连我也深受感染。特别是农先发的大女儿，她以前滴酒不沾，这次竟然连敬了干爸干妈三大杯，眼泪都流出来了。

归途中,我笑黄安学,说他可真让我刮目相看,变得大方慷慨了,四年大学学费可不是小数目,太舍得了。

黄安学说:"这是我干女儿,哪有父母不为孩子好呢?这些钱花得值!"

他老婆揭他的老底,说:"他呀,做梦都想拿个扶贫先进呢!"

"是吗?"我恍然大悟。

车厢里,我们三人同时哈哈大笑起来。

冯步万

当初，委派冯步万到那卜村去担任第一书记，文新局全局上下都心存疑虑，觉得就是想等着看笑话。但是新任局长文武平力排众议，硬是一锤定音，并且亲自开车把冯步万送到村里，甚至打地铺同冯步万住了一晚。

冯步万何许人也？

这样说吧，他就是石头砸到了屁股上也不会吭一声的那种慢性子人。局里谁都怕跟他合作，特别是那些火烧上房的紧急之事，更不愿意同他合作。他不是不干事，而是太慢。你催他，他说快了，可等到黄花菜都凉了，他还在不紧不慢地磨蹭。脾气好点的人还受得了，脾气急的只有一边骂娘一边接手自己干了。

但人家冯步万脾气就是好，任你是谁，骂也好，劝也好，他就一句话："以后我争取快些吧，抱歉喔。"

大概就因为这么个性子，二十几年来，文新局人员换了一茬又一茬，冯步万还是老样子，没有提拔，也没有挪单位，耗成了单位元老。

文武平局长当然知道冯步万的特性。人们怀疑局长大人是要甩包袱、扔垃圾。但这可是把双刃剑，弄不好得把局长的乌纱帽整丢了。包村工作，挂点扶贫，可是如今天下第一等的大事，派这么个慢吞吞的人去，可真让人不放心。

文局长笑笑，说："人都下去了，还能换吗？"

冯步万下到村里，吃住用都得在村里。这是硬性规定。好在如今网络发达，即使在乡下也能做到足不出户而知天下事。单位专门给冯步万配置了电脑，他本人也有智能手机，所以他待在村里同待在单位差不多。

冯步万到任的第一个星期，村党总支部书记兼村委会主任马亦益对班子成员重新分工，让冯步万分管扶贫和环境卫生。扶贫工作是第一书记的首要职责，他不能推，再多一项，他觉得无所谓，所以认了。

马亦益还指定新来的大学生"村官"曾镏协助他工作，供他调遣。

冯步万忽然有了当官的感觉，每天把曾镏呼来唤去的，不是下村屯，就是整理材料、填写表格。曾镏人勤，嘴巴也勤，经常向冯步万请示这请示那，把冯步万的神经置于高度紧张之中。

而这一紧张，却带来了好处。冯步万驻村不到三个月，竟然把全村近百户未脱贫的贫困户和已脱贫的跟踪巩固户走了个遍，而且，还不是一般的走，他把所有贫困户和跟踪户的底子基本摸清了，还对帮扶手册上帮扶联系人拟出的部分帮扶措施提出了商榷意见。这样认真过细的工作状态，连文武平在电话里听了马亦益的反映后都觉得难以置信。

看来，每一个人都不是一成不变的。文武平一颗悬着的心不再忐忑。

这天，冯步万又要下村，去卜罗屯。文新局办公室尤凤茹主任的帮扶户龙有利打来电话，叫她过去帮助处理个事。尤主任没空，请冯步万代劳。文新局干部的帮扶户都分散在那卜村的各个屯，局里下来驻村的，平时都要帮着照管些事。这已是常规。

冯步万什么也没有带，叫上曾镏，骑上摩托车就奔卜罗屯而去。

龙有利被列为贫困户，主要是他一人带着两个小孩，土地少，无其他经济收入。他老婆是他外出打工时认识的。回村后，他老婆见他家太穷，他又好吃懒做，所以跑了，一去不复返。老婆跑了，龙有利因带着小孩，不能出去打工，只能苦熬。人穷就罢了，他又惹上了个毛病——只要有酒，没菜他都可以喝上老半天。每次尤凤茹下来，都得带上三五斤米酒，就为了哄他，让他年底不给差评。

这回到底是个什么事呢？原来是龙家屋檐下挂了个黄蜂窝，龙有利想叫尤主任来捅了，炸黄蜂蛹喝酒。

对龙有利这样的人，冯步万可不愿惯着。

来到卜罗屯，龙有利正在巷子里与三五个老大爷老大妈闲扯。曾镪介绍说："这就是龙有利。"冯步万话不多说，即刻叫龙有利带路回家。

龙有利不知所以，很不情愿地往家走。

曾镪告诉他："这是村里的冯书记，是县上文新局下来的，主要管扶贫。"

龙有利不说话。冯步万问他是不是叫尤主任来帮他捅蜂窝，又说："你一个大男人怎么能这样？这种事情竟然要叫个女的来帮你，你害不害臊？"

龙有利说他怕黄蜂。

来到龙家，屋还算可以，是砖混结构，平顶，一层，旁边有间伙房，瓦盖的。黄蜂窝就挂在伙房的后边，大如倒扣的海碗，黄蜂密密麻麻，嗡嗡乱飞，确实吓人。

冯步万指挥龙有利穿严长衣长裤，戴上竹笠，用长棍捆上草把。他说用火攻，先把黄蜂赶跑或者灭了，再把蜂窝捅下来。

龙有利缩手缩脚，试了两三下，没成功。

曾镪急了，抢过火把，上去就烧。没承想，这可惹恼了一众黄蜂，铺天盖地冲过来，见人就蜇。

这可不得了，曾镪可是只穿着短袖衬衣，帽子也没戴。冯步万一把扯下龙有利头上的竹笠奔到曾镪身边。

这下好看了。只见冯步万像耍功夫干仗一般，左拨右扇，挥动竹笠奋力驱赶黄蜂。龙有利见此，也不惧了，脱下长衫，冲过去，加入了战团……

文武平闻讯，同尤凤茹赶下村来。冯步万、曾镪和龙有利已一字排开，坐在村卫生所的木沙发上打点滴，龙有利脊背鼓着大包，曾镪额头凸出如屋檐、双臂肿得如同大藕节，冯步万脸庞全部变了形、眼睛眯成两道缝。

文武平握住冯步万的手说："辛苦了！我看你们还是上县医院去治治吧。"

冯步万说："不用，医生说在这儿打两天针就好了，后天我还要带十几户贫困户去参观学习养山龟呢！"

文武平脸上露出了不易察觉的微笑。他心上那块石头彻底落地了。

钟海明

钟海明与贫困户龚山辉就是一对冤家。

钟海明觉得摊上这么个帮扶对象是倒了八辈子霉了。她向单位领导反映，向县扶贫办打报告，要求换人，但都没有如愿。这是可想而知的事。结对子帮扶哪能挑三拣四呢？换给别人，还不是同样有困难？好在她帮扶的另外三户没有让她为难，而且都已经脱贫了，变成了跟踪户。可这个龚山辉，唉！钟海明感觉就像一块臭豆腐甚至一坨臭狗屎——死活提不起来！

龚山辉到底怎么了？他最大的问题，就是对脱贫压根就不上心，或者说，他不认为他家是贫困户。他甚至肆无忌惮地对钟海明说，他现在最需要的不是什么脱贫，而是讨老婆！

听听！这都是什么话？

如果钟海明是个男的，这没什么，可钟海明还是个未婚姑娘！

这叫人多尴尬！

但是，没办法，钟海明只能硬着头皮继续去做工作，去负她的帮扶责任。

龚山辉这个人不缺胳膊不少腿，眼不盲耳不聋，也不好吃懒做。当初，工作队入户识别时，最后打分综合，他家仅因三分之差，被列为贫困户。这是他最不认可的。但分数摆在那里，他不认也不行。他家之所以贫困，原因只有一个：因学。他的小孩一个在上初中，一个在读大学，而他老婆前些年去世了，他一个人种十几亩土地收入有限，想外出打工，家里有个老母亲，他又离不开，所以生活困难。

按龚山辉的说法，他家的困难是暂时的，等他女儿大学毕业了，有工作了，立马就会改变。可大学四年，哪能一下子就毕业？所以，贫困，得帮扶。

看到钟海明这么个黄毛丫头进门，龚山辉很不爽。他觉得如果是派个大领导来还可以，这么个女的，能帮他什么？

也许是这么个心理作祟，每次钟海明到访，他都爱理不理的，问三句才回一句，甚至一句都没有。问烦了，他就说："我都说多少遍了，我这算不得贫困户，你以后不用来了，每次来了抄抄写写的，有什么用？有本事你就发工资给我，你行吗？"

还有更难听的。他说："你能嫁给我吗？不能吧？你要嫁给我，我也不敢要。你要真想帮我，就帮我找个老婆吧！等我有了老婆，我就出去打工，增加收入，这是最好的办法。"

钟海明立马转身出门，差点哭出声来。

如果是个男的，恐怕连打龚山辉的心都有了。

可是，钟海明没有撂挑子，该进门还是按时进门。龚家该得到的帮助、政策都一一落实，比如产业奖补、政府贴息贷款，龚山辉一样都没错过。

一晃四年过去，龚山辉的女儿大学毕业了，他的儿子又考上了大学，钟海明算是舒了口气。但龚山辉的女儿一时还没找到工作，钟海明还得一如既往地帮扶，按时上门调查了解情况，落实帮扶措施，力度不减。

这期间，龚山辉一直没有找老婆再婚，他在钟海明的帮助下，进村委会做村容整治协管员，每月有三四百元的报酬，基本够儿子的生活费了。他对钟海明的态度也明显好了许多。也许当初他说讨老婆的事，是戏耍钟海明的。

龚山辉的女儿想考研究生，龚山辉不同意，钟海明却支持。她做龚山辉的工作，说现在大学生满大街都是，读个研究生出来，文化程度更高，找工作相对更容易；女儿有这个志气，做父亲的不应该拦着。钟海明主动担保贷款，供龚山辉的女儿读研，这让龚山辉无话可说。

龚山辉的女儿与钟海明很投缘，头一次见面就冲钟海明叫姐姐。

龚山辉的女儿果然考上了研究生。这让龚山辉像变了个人似的，在人前说话不再吞吞吐吐了。他女儿可是本村头一个读研究生的。

钟海明趁热打铁，对龚山辉说："家有读书人不会永远受穷，孩子争气，你也要多动些脑子，想点什么门路，正经多找几个钱。"

龚山辉答得爽脆："好的，那是一定的。"

钟海明结婚举行婚礼那天，龚山辉不请自来，还封了个一百元的红包，并高兴地告诉钟海明，他正在养鹅，保证年底就能脱贫。

没过几天，钟海明又加了些钱，买来三十只鹅崽和一本关于如何养鹅的科普书，帮助龚山辉扩大养鹅规模。

吃货马三春

马三春是个吃货。

一桌人坐在一起,有人忌牛肉,有人忌羊肉,有人不吃无鳞的鱼,还有人连竹笋也不碰,而马三春什么都能塞进嘴巴,大快朵颐。用他的话说,除了桌板、桌脚吃不得,端上桌的都是美味佳肴。

他的最爱是油爆猪大肠和黑黝黝的炒牛杂。这些动物内脏许多人视为健康大敌,马三春却把它们整弄得香远四溢,什么"三高"病、痛风症,和他全无关系。

在马三春的家里,有各种各样的自泡酒,如三蛇酒、蛤蚧酒、酸梅酒、稔子酒、桑葚酒等,总共有十几种。马三春信奉喝这些酒能够舒筋活络、强身健体。这有没有科学依据,尚无专家考证。但马三春如今身体健壮,却是明摆着的。

马三春腰粗肚子圆,坐着像一团肉坨子,站起来则变成了个陀螺,两头尖尖,中间鼓鼓。有次他去做新裤子,裁缝量了他腰围腿长,叫他一星期后过来取裤子,他有事过了两个星期才去取,却没取成。裁缝量马三春的裤长是三尺一,腰围三尺四,以为是弄颠倒了,不敢下手裁剪布料,所以误了,只能重新明确了裤子的尺码才敢做,马三春只能再等。

马三春能吃,吃出了道理。

马三春体胖心也宽，整天都乐呵呵的。"酒肉穿肠过，佛祖心中留。"吃字当头，马三春觉得什么罪过都不会有。他常说，他叫马三春，一年有三个春天，过的是春风得意的好日子，能吃是福，民以食为天，何罪之有？马三春为自己找到了通天道理，自己都不得不佩服自己。

马三春能吃，还吃出了新高度、新境界。

这天，马三春被纪检组找了去。

纪检组的同志并没有给他冷面孔，而是和颜悦色地同他谈家常、谈工作，尤其是了解他对贫困户帮扶的详细情况。

聊着聊着，马三春就明白了，是有人举报他拿贫困户的东西，鸡呀，鱼呀，连青菜也拿，最近还宰了贫困户一头猪。

这些都是事实，但有出入。马三春打包票说，他没有白拿贫困户的东西，他对得起自己的良心。

纪检组的同志也说相信他不会犯这种低级的错误，提醒他要谨小慎微，要严于律己，始终做个干干净净的帮扶干部。

这分明是一次诫勉谈话。马三春心中老大不舒爽，感觉自己被无端抹了黑。他最后丢下话说："我自己做了什么我知道，但我不想解释，也不便解释，你们还是亲自下去调查调查吧。"

纪检组下去调查的结果是：马三春买了些鸡崽送给贫困户养，鸡大了，他帮助推销，都卖给了亲戚、朋友，价钱并没有低于市场价，卖鸡所得，全交给了贫困户，其中包括马三春留作自家过年食用的五只鸡，也按斤论两付了款；有一贫困户，善于钓鱼，到湖里、河里钓得的鱼，马三春上门碰上了，认为这是很环保的野生鱼，就会掏钱买一两条回家；至于青菜，算是白拿，因为贫困户坚决不要他的钱，拿贫困户的青菜，也就两三回；关于宰贫困户的猪，调查人员听贫困户说话的意思，那还得感谢马三春，这事要仔细说说。

那是元旦前夕的一天，马三春早早下乡到贫困户家做例行的节前慰问。他给他帮扶的三户人家一式三份带去了花生油、大米和一袋糖果大礼包（这些都是单位统一准备的，非个人掏钱）。慰问到卢桂花家时，正遇见卢桂花和叔伯妯娌几个在发愁。卢桂花丈夫早些年因病去世，留下孤儿寡母三口人艰难度日。她一个人又耕田又种地，还养猪。她家养的猪，因无钱购买饲料，都是用老办法来养，吃的是野藤野菜，饥一餐饱一餐在所难免，所以长得也慢，别人家养三四个月猪就可出栏，她家却要养上八九个月猪才算长成。可也歪打正着，这样久养的猪，人称"土猪"，肉紧实好吃，比速养的"饲料猪"强得多，在市场上非常抢手，几乎是一见就被买光。约好的，这天她家要宰猪去卖，屠猪匠也按习惯提前一天把宰猪工具拿来放到了她家，可她从一早等到日上三竿，也没见屠猪匠到来。打电话过去问，屠猪匠先是哦哦噢噢，后来才明白说是骑车出门撞了树，不能来了。卢桂花清楚，出这样的事，猪宰不成了。这里民间有些人迷信，出门不顺当，就要停几天才出门。

　　正当卢桂花叔伯妯娌几个人将要离开的时候，马三春到了。问清了缘由，马三春到猪圈去看了看肉猪，也就百来公斤，于是他问猪宰了有没有谁能拿去卖。卢桂花的大伯是肉贩，说："这有何难？这样好的土猪肉，没出村口就会卖去大半了，剩下的，也不用去圩场，到附近一两个村走走，保准一两都不剩。"

　　"好！屠猪匠没来，我来！"马三春自告奋勇要帮忙宰猪。

　　宰之前，马三春想了想，又打电话给开饭馆的朋友赵老板，叫他赶快下来买土猪肉。"包你生意兴隆！"他在电话里大声宣扬。

　　宰鸡宰羊是马三春常干的事，这回头一次宰猪，他果真也宰成了。猪肉是这样卖掉的：赵老板整整买去了半扇，还多要了两只猪脚和一个猪肚；马三春自己买了一小半前胛肉和一半猪肝、大肠；剩下的，由卢桂花大伯拿出去卖；卢桂花家留下个猪头，用于祭祀祖宗，之后吃猪头肉、喝猪骨粥。

大约一个月后，马三春在街上碰见纪检组的一位同志。

马三春笑问："领导，怎么处分我呢？"

那同志说："向你学习。你这个帮扶方法，难得，难得！"

大大咧咧的唐秀花

唐秀花说话大声大气，走路风风火火，喝茶、喝酒，还会划拳猜码。这性情举止与她的名字很有些脱节。用北方话来形容，她不像个"娘们"，倒像个"爷们"。可她运气就是好，嫁的老公又能干又听话，家里事除了生孩子她几乎不用管。在单位里也差不多，只是扫地、烧水、接接电话，写材料、整报表之类技术活她全不用干。她整天就嘻嘻哈哈的，把日子过得恬淡简单。

可是，开展脱贫攻坚工作以后，要精准识别贫困户，要精准帮扶贫困户，任务人人皆有，唐秀花也不能例外。这对她可是个大考验。

扶贫工作不可能坐在办公室里电话遥控，必须下乡入户，与贫困户面对面，了解具体情况，解决实际问题，做到因户施策、精准扶贫。

按照任务分派，唐秀花帮扶三户人家，都在同一个村子。头一次上门，唐秀花就几乎把这三户人家吓了个遍。

一户人家户主姓韦，老婆耳朵半聋，生了四个孩子，最大的八岁，最小的两岁。唐秀花一看就觉得这夫妻俩是对糊涂蛋，只会干那事，却不懂得优生优育。但既然生了这么多孩子，不能不养。如何养？唐秀花开口就下死命令："韦大哥，你家田地不多，你手艺也没有，绝不能再生孩子啦！要把你的下面管好了，再生我们就把你阉啦！"这话说得老韦屁都不敢放一个。但骂归骂，唐秀花还是认真帮老韦家谋划，让他家把畲地全改种甘蔗，把水田转包给人家连片开发、搞立体种养，还帮老韦找了份给人值夜看守仓库的差事。

另一户人家，是两个光棍汉，守着老娘过日子。两兄弟长得不赖，就是懒，还好酒，把日子过得昏天暗地。唐秀花转身到村上小卖部买来两瓶白酒和两袋干花生，拿出三只饭碗，摆开阵势说："你兄弟俩爱喝酒是不？来，我和你们比一比，看谁先醉，我先醉，我不说你们一句不是，你们先醉，就全得听我安排。"兄弟俩平时喝的都是低度米酒，这五十二度的瓶装酒何尝喝过？他们瘫倒时，唐秀花还像没事一般。唐秀花第二次上门，就不容置辩地安排兄弟俩：老大在家种地，照顾老娘；老二到城里打工，已经帮忙联系好了，去建筑工地搬砖搬沙搬水泥。唐秀花算账，兄弟俩分一个出去打工，每个月至少收入三千元，租间便宜点的民房住，再省吃俭用些，把酒戒了，到年底拿个八九千块钱回来应该不成问题，这立马就脱贫了。这么一安排，兄弟俩的老娘一张老脸早笑成了花。唐秀花说："大娘，你两个儿子不是没本事，就是脑袋都被酒浸坏了。这回听我的，保准他们都变个样，还能娶上媳妇，你就等着享福吧！"

再一户人家，是个寡妇当家，丈夫过世了，留下两个正在上小学的孩子。她家住的是瓦房，家徒四壁，她丈夫生前治病耗光了家底。唐秀花同情寡妇，但一时拿不出什么办法帮扶她。后来她了解到寡妇有心招个男人上门，可家里大伯、二伯反对，说家中田地、房产要留给亲侄子、亲侄女，绝不能分给外人，如果想嫁人，就嫁出去。唐秀花到县民政局问了个仔细，转头上门去做那大伯、二伯的工作。但两个老男人臭硬，不是认死理，就是装聋作哑。唐秀花最后发狠说："我不管你们真不识法，还是假装不懂法，要是真有那么一天，谁拦着，谁干涉，谁动粗，你就等着戴手铐、坐监牢吧！"有唐秀花撑腰，这寡妇没多久果真"娶"了个中年男子。办喜事那天，外边的人她谁也不请，就单请唐秀花夫妇。这天，出了件事，把唐秀花的泼辣性格展现得淋漓尽致。这一带农村的风俗，结婚办喜宴，猪肉要有，鸡肉要有，鸭肉也要有，可没承想，新婚夫妻买回来的两只肥鸭没关牢，跑到村前大水塘里去了，人在岸上这边赶那边呼，鸭子就是不上岸，似乎知道死到临头，下决心要逃难了。唐秀花到来后，也着急，叫丈夫下水去赶，丈夫说不会游水，唐秀花回房间，换上新娘子的旧衣服，拿了根长竹竿，噌噌噌跑出来，扑进水塘，扬起竹竿，撵得鸭子屁滚尿流地上了岸。

唐秀花下乡帮扶这几年，除了老韦家仍然困难些，另两家均已脱贫。最近，有了新政策，老韦家要全家纳入低保，脱贫指日可待。

这几年，唐秀花三次被单位评为扶贫帮困先进个人。

好一个大大咧咧的唐秀花！

精致的小纸匣

接到二弟电话,周继仁即刻放下手头的工作,带上妻子、孩子赶回老家。近二百公里的高速路加二级路、三级路,周继仁往时回家,一般得用上差不多四个小时,这回他连上厕所都不准自己耽搁,不到三个小时便回到了家。但是,他还是迟到了,没能见到母亲最后一面。他的心在滴血。

父亲十多年前就过世了,没能等到他升职加薪,没有享受过他一包好烟一瓶好酒。母亲一直跟二弟、三弟住在老家,哪儿也不愿去,不去看他,更不去看嫁得都很远的大妹、二妹和三妹。母亲晕车,她受不得那个苦,他也不愿意她受那个苦。他唯一的一次接送,曾让母亲吐得一塌糊涂,命都差点搭上。所以,他再也不敢了。

母亲住在老家,他就没法照顾。平时过节,他不回来,偶尔会寄些钱回来,让二弟转交给母亲;春节他是年年回来的,临走时他都会亲手给母亲五六百块钱,最多一次有一千。钱不能代替人,但总比没有好。而且,他每次都会补上一句:"该买什么就买,不要不舍得,没有了就打电话。"母亲一贯省吃俭用,他知道说了也白说,但还是要说。

丧礼办得很隆重。三个妹妹很少回来,力主大办。请了佛、道两家班子,一整晚地敲敲打打、念念唱唱,他作为长子,应命就多,这边跪了那边跪,累了困了,就觉得搞复杂了。但想到这是超度母亲的亡灵,一辈子就这一回,他又觉得值。他欠母亲的,他应该也必须这样还债。

宾客走完了,来帮忙的乡亲也一个个散去,剩下亲兄弟姐妹六人还得处理些事。比如,把母亲的衣物、日用品拿去烧了或扔掉。这是风俗,也是讲卫生。

在母亲的床头,他看到了一个精致的方形小匣,底色是金色,有两本《辞海》摞在一起般大小,装有银质锁。估计母亲经常摸它,边角已有些破损。

他一看便知,这是好几年前他送母亲的。母亲患有类风湿病,腿关节疼起来站都站不住,更别说走路了。他听人说有一种特效药,就托人买了一盒寄回家给母亲试试。一盒药内装六瓶药丸。药当然比较贵,但母亲反映说没什么用,吃跟不吃一个样。后来,他就不再买了。那些年,商品都注重包装,盒子特讲究美观。这个盒子是纸质的,外面一层过了塑,图文并茂,宣传和介绍该药品,里面一层是厚厚的深灰色的硬纸板,支撑起一个漂漂亮亮的纸匣子。

他以为匣子里面全装着钱,打开了看,只有薄薄几张百元、五十元的纸币,在纸币的底下,是一沓小字条,有白色的,也有粉红色的。他把字条全部取出来,一张一张地看。

"2019年8月30日,周继仁捐款200元,用于本村灯光篮球场建设。"

"2018年2月26日,周继仁捐助500元,支持本村举办篮球赛。"

"2015年12月17日,周继仁捐300元,资助村前鱼塘围墙加固建设。"

"2014年11月8日,周继仁捐款100元,用于本村公共电路改造。"

"2012年9月22日，周继仁交来100元，庆祝全村首届丰收节。"

"2010年6月10日，周继仁捐助150元，支持本村修筑拓宽进村道路。"

……

这些字条实际上就是收据，收款人落款处写的是周树才或者周继春，有的还按有手印。周树才和周继春是本村前后任村民小组长。周继仁做梦都没想到母亲背着他捐了这许多款。他想起有一次母亲说过，他是村里第一个考上大学的人，走到哪里，还是这个村的人，村里有些事，是好事的，能帮就要帮些。

纸匣里面还有母亲用过的手镯、耳环和香袋等物。周继仁默默收拾，把母亲的东西和钱取出来，把字条放进去，锁了匣子，把匣子放到准备处理的杂物堆里。他的眼里噙着泪花。在母亲丧礼的过程中，他强忍眼泪，始终没有哭出声，目的是在弟妹们眼前表现出坚强。父母都不在了，长兄为父，任何时候他都不能倒下。

办完所有应做的一切，周继仁就要返程。堂哥周继春，也就是现任本村村民小组长，来为他送行。

他问堂哥："听说村里要集资硬化所有巷道？"

周继春说："有这个规划，上面补助一部分，村里需要集资一部分。"

周继仁说："我加你微信吧，到时候别忘了还有我，我打几个钱给你，表表心意。"

周继春很高兴地加了他的微信，并亲切地同弟媳和侄子闲聊了几句，然后挥挥手，目送着他们的车子离去，直至开出村口。

酒家巡视员

那些年，公款吃喝盛行。只要是个官，无论大小，都可以到酒家签单。酒家为了拉生意，都允许官员签字挂单，过一段时间，累积了一批单子，才上门去结账销单，领取支票去银行兑款。

正因为此风盛行，造就了一批酒仙、酒圣、酒徒、酒鬼，形成一支"三三七九部队"（数字谐音餐餐吃酒）。当时，流行一句话："一等男人家外有家，二等男人家外有花，三等男人下了班不想回家。"不想回家，想去干吗？去喝酒呀！上酒家签个字就有得喝，没资格签字的，也可以混喝，假装走错门，还能碰不上相识的人？我原工作单位的同事龙海就是这样。我们私下里把他戏称为"酒家巡视员"。

龙海三十好几岁才从中学改行到机关单位，他这个岁数改行两头都不讨好，教师的职称工资领不到了，来机关工作又像刚入职，提拔的事很难轮到他。而他偏偏又是个好酒之人，虽然酒量不大，却一天不喝一点就浑身不舒服。我还在原单位工作时，每有酒喝都会叫上他，所以他对我特有好感。我调离后，到了新单位还是副职，但单位大，经费也多，喝酒几乎是天天有，不是接待上级或者来访客人，就是兄弟单位之间交流，交换设酒局，有时本单位内部也要喝，有加班或搞活动时就更不用说了。我在酒家曾多次遇见龙海。是不是他事先打听到我在哪里喝酒我不知道，反正他就是常常"巧遇"了我。他每次差不多是同一个样：大大咧咧推门走进来，已经有些醉意，却"突然"蒙了一下，说走错门了，继而又"突然"发现了我，说："老领导在这儿哪，我得敬几杯。"他这一敬，就不单单敬我了，而是要走一圈，当中若有谁加个凳子让让他，他会半推半就坐下来，然后吃几口菜，再喝几杯酒。十来分钟的工夫后，大家都不再招呼他了，他才主动站起身来告辞，说他那边包间的人要找他了。我自然知道他的真假，也不挽留他，由他去。

后来，公款吃喝风被刹，乱签单不可能了，酒家生意大减。我还听说龙海患了胃病，酒家再没有他的身影。这下可好了，否则，他要被酒泡死。他喝酒不像我。我是被动喝酒，酒场上能躲就躲，中途还会借口出去走走。他不会，如果他是名正言顺陪酒，会一直坐到散席，几乎每次都酩酊大醉。酒瘾这东西害了他。他充其量只算个酒徒。酒徒变成了正常人，我认为绝对是好事。

再后来，有一天下午我忽然接到了龙海的电话。

龙海问："老领导好！在干吗呢？"

我说："上班呀，还能干吗？"

"好久没见，想喝两杯喔。"

"那就喝呗。"

"去哪儿喝？"

我以为龙海是无聊在寻我开心，便随口乱说："鑫城酒家。"

我放下手机转接座机，一番通话之后，却忘了和龙海说的话，下了班就直接回家了。

晚上七点十几分的时候，龙海打来电话，说找不到我，问到底是在哪个包间。

我下午在电话里被主官委派了一大堆任务,心里正堵,想从哪里出出气,于是决定忽悠忽悠他:"你在哪里?"

"鑫城,是你订的。"

"你听错了,是鑫盛。"

鑫城酒家在城西,鑫盛酒家在城东,我想让他知难而退。

大约八点半的时候,龙海又打来电话问:"领导,在哪儿?"

我忽觉这事闹大了,对不起龙海,但又不愿意解释和道歉,只好说:"对不起,我们临时有急事,撤退了,另找机会请你吧。"

两周后,鑫盛酒家的老板上门来找我们单位结账。办公室主任小麻拿了张单子到我办公室来让我辨认,说这张单签的字好像不是我的笔迹,怀疑有人冒充我们单位签单。

我一看,签单时间就是我忽悠龙海那晚。我明白了,好在花费不大,只七十来块。我说,这单确实不是我亲手签的,留给我自己去查吧。办公室主任留下单子走后,我发短信给老板,表示那张单由我个人付款,不用作声。

下班路上,我打龙海手机,骂他冒充我签单。

龙海仿佛理直气壮,反责怪我骗他,害他东奔西跑,这是惩罚我!

我说:"算了,下不为例!"

他说:"还有下次?我再不信你了!"